幼児公爵レジェンドダーリン

Aya Yuzuki
弓月あや

CHARADE BUNKO

Illustration

笠井あゆみ

CONTENTS

Prologue

「我が主君テオドア。あなたさまは決断しなくてはなりません。異世界から召喚する、定められた少女を迎えると」

怪しい呪文を唱えながら、魔導士はそう言った。

テオドアと呼ばれた青年は、困り果てたように眉を寄せた。

「私が花嫁を娶《めと》らねば公爵家が朽ちるならば、仕方のないこと」

苦悩に満ちた呟《つぶや》きを聞いて、魔導士は首《こうべ》を垂れる。

「我が君、あなたさまの崇高な犠牲ゆえに、公爵家の聖き血は受け継がれております」

「わかっている。私は誰も愛さない。誰も必要としない。ただ義務として妻を娶り、グラフトン公爵家の安寧を祈願して生きるだけだ」

「御意」

「わかっているが誰かを愛したい。誰かを愛し大切にし、大切に思われたいと願うことも許されぬ我が身がつらく悲しい。いっそ消えてしまいたい」

この絶望を吐露すると、彼は苦しげに天を仰ぐ。彼は、運命に逆らう術《すべ》を持つことは許されていない。

「この孤独に終わりはないのか」

呟いた青年の頬は、ひどく蒼《あお》ざめている。

「わたくしが、おそばにおります。敬愛する、高潔で、気高く、尊く、そして誰よりも美しい、わたくしの我が君。わたくしだけの、我が君――……」

1

「ねぇ、あちょぼうよ」

遊ぼうよの声に充希《みつき》は公園で砂遊びをしていた手を止めて、振り向いた。

そこには金髪の、とても可愛《かわい》らしい幼児がいた。見たこともない子供だった。

充希も砂遊びが日課である、元気な幼稚園児だ。

「あちょぶの？　いいぉ。なにちよう」

「なにちよう」

人見知りも物怖《ものお》じもしなかった幼児の充希は、新顔を快く受け入れた。

「じゃあ、すなあそび」

「すなあそび！」

二人はきゃあきゃあ笑いながら、砂で山を作り、トンネルを掘る。そして横坑が繋《つな》がると、冷たい砂の中で相手の指先に触れる。

「ちゅながった！」

「ちゅながったぁ！」

歓声を上げる子供の姿に、通りすがりの婦人が笑みを浮かべる。

そんな微笑《ほほえ》ましい一幕だ。

「たのちかったねー」

「たのちかったぁー」

二人は備えつけの水道で手を洗い、水の冷たさにまた声を上げて笑った。

「あちたも、あおうね！」

明日も逢《あ》おうね。そんな他愛ない約束が、世界で一番の重要事項だった。

「うん、やくちょく！」

「やくちょく！」

どこにでもある賑《にぎ》やかで楽しい、きゃわきゃわな思い出。

それから、どこからともなく現れた子と遊んだ。毎日、飽きもせずに遊んだ。

だけど。

金髪のその子は、ある日を境に公園に来なくなってしまった。毎日、同じ砂場で待った。

公園に迎えに来てくれる母は、その話を聞いて、首を傾《かし》げる。

「お友達は、どこの子かしらね。この辺で、外国人のご家族なんていたかしら」

昔から住んでいる気安さで、ご近所はわりと顔馴染《かおなじ》み。特に外国人のご近所さんなら、マンションに住んでいても噂《うわさ》ぐらい聞くものだ。

だが、その金髪の子の噂を、母はまったく知らないと言った。

子供の充希は、しょんぼりした。引っ越しで顔を見せなくなった友達を想《おも》うと、毎日が切なかったからだ。

それから、充希は一人でトンネルを掘った。

あの子が、いつ砂場に戻ってもいいように、大きな山を作り、一生懸命トンネルを掘った。あの子の小さな手を思い出しながら。

「よいしょ。よいしょ……っ」

夕方に作った山は、翌朝には崩され均《なら》されている。そのたびに残念に思いながら、充希は毎日、新しい山とトンネルを作った。

もしかしたら、またあの子が来るかもしれない。その時、大きな山を見たら、喜んでくれるかもしれない。

そう願いながら毎日、砂を積み上げていた。

「あれ？　おっかしいなぁ」

十六夜《いざよい》充希は呟いて、ポケットをゴソゴソ探った。

「さっきポケットに入れたのに、なんで自転車の鍵がないの？　えー、落とした？　いや、まさか。でもないよ。変だなぁ」

ポケットを裏地まで引っ張り出して、中身を探る。確かに施設の鍵は入っているし、友達にもらったけど放置していた棒つきキャンディも同じくだ。

ふたたびムキになって探りながら、「あれ」と思う。

ぼく、何を探しているんだろう。

あ、そうだ。自転車の鍵。あれがないと困る。大切なんだ。

大切なもの。なくてはいけないもの。紛失したら怒られるもの。

「あれ……」

――怒られるって、誰に？

だって自転車の鍵は、充希しか使わない。失くしたって困るのは自分。いや、怒られる。

誰かに怒られるのだ。

頬に当たる風が、ひゅっと冷たくなった。

誰に。……誰に？

ええと、誰に怒られるんだろう。そもそも、自転車ってなんだろう。ぼく自転車なんか乗っていたっけ。

頭の中が、ぐんにゃり曲がる。車酔いしたみたいに、すごく気持ちが悪い。

(怒られるとか、なんで考えたんだろう。誰も怒ったりしないのに)

自分には怒る人も、叱ってくれる人もいない。

確かに自転車の鍵を失くしたら、親に怒られる。でも、今は自転車に乗っていない。なぜなら、施設に入所する時、自転車を手放した。置く場所がないというのが、大きな理由だ。どうして、施設かというと。

家族が亡くなったから。児童養護施設に引き取られたからだ。

両親と兄は充希が幼い頃に、自動車事故に巻き込まれて亡くなった。親類縁者もいなかったから、施設送りになったのだ。

淋《さみ》しいとか悲しいとか、どうして自分だけこんな目に遭うのだろうとか。そんな気持ちは、もちろんある。

家族が亡くなったから。誰も引き取ってくれないから。だから淋しい。でもどんな事態でも、人はいつしか慣れるものだ。

状況よりも充希を困らせたのが、環境問題だ。施設は個室がない。二十四時間、三百六十五日、誰かしら他の児童が部屋にいる。

一人になれる場所がないのが、なかなかつらい。

充希の性格は内向的。というか、自他ともに認めるコミュ障。一人きりが好き。大好き。ずっと引きこもっていたい。

本を読んだりゲームをしたり、とにかく一人でいたい病。家族もいないけど、その淋しさすら陵駕《りょうが》する、無敵のぼっち体質。

(家族と暮らしていた時は、そんなことなかったな。近所の子と、よく遊んだし。名前は忘れたけど、毎日のように遊ぶ子がいたな。外国人で……)

あの子、なんて名前だったっけ。いつも一緒にいた、あの子。

そこまで考えて、ふっと笑みがこぼれた。

もう二度と会うこともない、出会えたとしてもお互い顔もわからない、そんな相手を思い出して、どうなるというのだ。

(外国人だったから、憶《おぼ》えているんだな)

ささっと頭を振って、思い出を振り払った。

自分はどこか、欠けているのだろう。だから他人と暮らすのが苦痛なのだ。

普通の人が当たり前にできることが、自分には難しいのは、おかしい。

たぶん一生、独りぼっち。きっと誰も愛さないし、愛されない。

きっと誰にも――――。

(ぼくがいる意味は、ないんじゃないのかな)

もう、施設に戻りたくない。失踪したいとか命を絶ちたいとかではなくて、ただ、いつもの日常に戻りたくない。

そんなことを考えながら、公園に入った。この中を突っ切っていくと近道だ。

そして真ん中の池のほとりまで来て、ポケットの中身がないことに気づいたのだ。

「えー、困ったな。なんかもう、面倒くさい」

「おい」

「ていうか、乗っていない自転車の鍵とか、なんで持っていたんだろう」

「おいっ」

大きな声にハッとして、辺りを見回した。しかし、近くには誰もいない。

「空耳？　おじいちゃんみたい」

「ちょらみみ、じゃ、ないっ」

ものすごく幼い声に「空耳じゃない」と怒られた。だが、周囲に人の姿はない。もう一度キョロキョロする。

「えー、やだなぁ。幻聴って、すっごくやばい病気じゃ……」

「こらぁっ、わたちを、むち、ちゅるなっ」

さしすせそなど、それらの発音が、すべて舌足らず。

「え？」

普段なら気にも留めない足元から、文句を言っているのだ。

「わたちを、むち、ちた。……ちた」

私を無視したと怒っていたのは、とんでもなく可愛らしい子供だった。

（うわっ。かぁーわいー！）

女子高生みたいな感想だったが、実際とても可愛らしい。

金髪に碧《あお》の瞳。長い睫毛《まつげ》まで金色。薔薇《ばら》色の頬。ぷりぷり怒っている顔さえ、めちゃくちゃキュートだった。

「あ、ごめんね。ちょっと探し物をしていたから、気がつかなかった」

ふと、一緒に遊んだ外国人の子供が脳裡《のうり》を過《よぎ》る。あの子も、こんな見事な金髪だった。そう思い出して、肩を竦《すく》めた。

あの子も、いい大人になっているだろう。子供の姿のままであるはずがない。

（外国人って極端に変化することもあるから、どんな大人になっているんだろう）

もしかしたら、ものすごく横に大きくなったかもしれないし、とんでもなく禿《は》げてしまっているかもしれない。

ちらっと横目で子供を見る。ふわふわで、可愛い。まさに天使だ。

外国人、しかも子供なのに日本語がしゃべれる。堪能。やっぱり、あの子を思い出す。

「ボクちゃん、日本語が上手だねー」

せいいっぱい褒めたつもりだが、幼児は不服そうだ。薔薇色のほっぺをふくらませ、心外そうな顔をしている。

「こんな、たんじゅんな、げんご。わたちには、あちゃめちまえ、だ」

あちゃめちまえ。たぶん朝飯前。

あまりの可愛らしさに、充希の頬がゆるむ。すると。

「……わらっちゃ」

「ううん。うううん。笑ってない」

「わらっちゃぁあああああ」

幼児はそう呻《うめ》くと、両目からポロポロ涙をこぼす。

「えぇ？　そこ泣くとこ？」

「えぅっ、えぅっ、えぅっ、えぅっ」

「ごめんね。お詫《わ》びにキャンディあげるから、仲直りしよう」

まさかの「飴《あめ》ちゃん」攻撃。しかし信じられないことに、幼児はピタッと泣きやむと、無言で右手を差し出してくる。

万国共通、ちょーだいのボディランゲージ。

「こんなお坊ちゃまでも、飴ちゃん好きなんだ。よし、取りあえず、そこ座って、ちょっと落ち着こう。ね？」

二人はそばのベンチに腰をかけ、幼児はキャンディを舐《な》め始めた。ご機嫌だ。

(成り行きとはいえ、変なのと関わっちゃったな)

改めて見ると金髪に碧の瞳はともかく、ものすごく豪華な服を着ている。ベルベットのベストと半ズボンに、シルクのブラウス。革靴にリボンのついた長いソックス。むっちゃ富裕層の匂いがする。

この子の親はどこにいるんだ。

「ねぇ、ボクちゃん。ママとかパパは、どこにいるの？」

「ぱぱ？　まま？」

「ボクちゃんのお父さんとお母さん。まさか一人で外に出ないよね？」

いくら平和ボケしているとはいえ、幼児を一人で外出させる親はいないはず。

そこまで考えて溜息《ためいき》が出る。毒親という存在がある。しかし、そんな無責任な親が、子供にこんな上等な服を与えるだろうか。

そこまで考えていると、不満げな声がした。

「ボクちゃん、ちやうもん」

幼児はぷるぷる頭《かぶり》を振ると、大きな瞳で充希を見据えた。

「えー、じゃあボクちゃんのこと、なんて呼べばいいの？」

「テオドア」

「え」

「グラフトン公テオドア・オーガスタ・フィッツロイ」

いきなり仰々しいフルネームを告げられて、びっくりだ。

「ご、ご立派なお名前でいらっしゃる」

「うむ」

これは本当に面倒ごとかもしれない。そう思いつつ、これからどうしたらいいか考えていると、今度はこちらが質問される。

「おまえ、なまえは」

いきなりの、お前呼び。

「お前ってさぁ、ぼく年長者なんだけど。まぁ、いいけど。ぼくは十六夜充希。長ったらしいから、ミッキーって呼んでもいいよ。可愛いし」

世界的にウルトラ有名な、某キャラクターと同じ名前を言った。

しかし。

「みっきー、とは、なんだ」

「え！　まさかミッキーちゃん知らないの？」

「ちらない」

「ミッキーちゃんを知らないとは、どこの御曹司？　ほら、あの大きな靴を履いた、黒いお耳の、あの子だよ、あの子」

「ちらないもん」

必死に説明するが、子供は首を傾げるばかりだ。本当に御曹司かもしれない。

「そうか……。じゃあ、ミッキーランドも知らない？」

「うむ」

個々のキャラは知らなくても、キャラクターの世界を模したテーマパークならわかるだろうと思ったが、深窓の御曹司は庶民的なものなど知らないのか。

（育ちがいいんだろうな）

そう考えて、間違いに気づく。

今や富の象徴である尻尾《しっぽ》の長いあいつは、お金持ち層のアイドル。富裕層なら広いパークを貸し切ってパーティとかパレードとか、普通にするだろう。

すなわち庶民よりも御曹司のほうが、ミッキーとラブラブなのだ。

黙り込んでしまった幼児に、取り繕うように話しかける。

「えーと、それでテオドアちゃんは、どこから来たのかな」

そう訊《き》くと幼児は短い指で、池をさし示す。

「あっち」

大きめの池ではあるが、ボートなどは楽しめない規模の、どこにでもある池。

(幼児に訊いた自分が、悪かった)

ションボリしつつも、これはもう交番案件だと諦めた。面倒だけど、ここに置き去りにするわけにはいかない。

「じゃあさ、テオドアちゃん。一緒に交番に行こう」

「こうばん?」

「市民の安全を守ってくれる、最高に楽しい場所のこと」

適当なことを言って幼児を立たせようとすると、彼は首を真横に振る。

「いやだ。あちょぶ」

「は?」

「あちょんで、あげる」

舐めた台詞《せりふ》に頭が痛くなる。幼児に遊んでもらう高校生って、そんなのあり?

「いや、遊んでもらうより、交番に行こうよ」

「なんでぇ?」

「落とし物したから、届けたいんだ。それにさ、制服のお巡りさんカッコいいよ」

「おとし、もの?」

「うん、ないと困るんだ。お巡りさんに探してもらわないと」

そう言うと妙に通る声で訊かれた。

「おとしもの、とは、なんだ」

「え」

突っ込まれて言葉が出なかった。

そうだ、自分は何を落としたのだろう。落として困るものなんて、特にない。

「落とし物って、……なんだっけ」

そう呟くと、ものすごく頼りない気持ちになる。

荒涼とした原野に、一人で放り出されたみたいな、心もとなさ。

「ねぇ、みて」

いきなり小さい指でさされて目を向けると、池に浮かぶ水鳥が目に入った。

どこにでもいる、マガモやカイツブリ、キンクロハジロやカルガモといった、見慣れた冬の渡り鳥たち。

「とべっ」

テオドアが小さい指を鳴らしたその時。水に浮かんでいた鳥たちが、弾かれたように羽ばたき、空中にバサバサ飛び上がった。

「え、ええー？」

いや。鳥は飛ぶ。今のは、たまたまタイミングが合っただけだ。

「いきなり飛び立つから、お、驚いちゃったね」

そう話しかけても、幼児は空を見上げたままだ。正確に言うと空に舞う鳥を凝視しているのだ。その瞳は、真剣そのもの。

そして次の瞬間。

「もぐれっ」

幼い声が指を鳴らし号令をかける。すると鳥たちは号令が聞こえたみたいに、水の中へ、バシャバシャ落下した。まるで弾丸みたいだ。

「な、な、な、な、何、これ……」

鳥たちは一斉に池へと飛び込んで、ぜんぜん上がってこない。

ホラーだ。

震えながら、必死で否定する。ただの偶然だ。どこの世界に号令通りに飛び立つ野鳥がいるだろうか。

伝書鳩《でんしょばと》のように、特殊な訓練をすれば別だろう。だが水鳥は違う。奴らは訓練なんてしない。いや、できない。

（水鳥だから、池の中で狩りをするのは当たり前。水中をスイスイ泳ぐのも、当たり前。でも、なんで出てこないの）

水面《みなも》は静まり返っている。いくら水鳥が潜水に慣れているからって、どう考えても出てこなすぎる。

(水鳥って、……溺れないよね？)

不安が煽《あお》られて、涙が出そうだ。

どうして水鳥は浮かんでこない？

いや、どうして一斉に、水の中に飛び込んだ？　幼児が潜れと言ったから？

そんなバカバカしい。そんな、そんなわけ。

自分はたぶん、蒼ざめているだろう。そして、それは幼児にもわかったらしい。

「うたがって、る」

ビシッと指摘されて、眩暈《めまい》がしてしゃがみ込む。

幼児が低音で、ハッキリと指摘してくるというのは、ホラーである。

「う、うたがってないですよ。すごいなー」

慌てて言い繕ったが、すぐに見破られる。

「ぼうよみ」

的確に指摘されて、さらに血の気が引いた
(もうやだ。なんなの、この子！)

横目でチラチラ見ていた池からは、まだ水鳥は出てこない。もう死んでいるのだろうか。

そう考えると恐怖が煽られる。

さっきまで交番で保護してもらおうと思ったけど、もう関わるのが怖い。怖すぎて、限界点を超えた。突破だ。

「あっ、バイトの時間だ！」

どこかのコントのようなことを言って、充希はいきなり立ち上がった。

「む？」

「悪いけど行かなくちゃ！　仕事なんだ。だから、ここでお別れ！　交番は他の人に連れてってもらってね。ネッ⁉」

もう、必死以外の何物でもない。充希はシュタッと敬礼みたいなポーズを取ると、猛ダッシュで走り出した。

（逃げろ。とにかく逃げろ！　なんかやばい臭いしかしない！）

幼児から逃げようと、闇雲に走りまくった。

どうして、ここまで怯《おび》えるのか。わからない。でも怖かった。

自分が自分でなくなるみたいな心もとなさと、言い知れぬ不安。それらが波のように襲ってくる。怖い。恐ろしい。

しばらく走ったあと、逃げ切ったと充希は胸をなでおろした。

（だいぶ走ったし、あの子の姿も見えなくなった）

そう思ったら、急に気持ちが楽になる。逃げた。逃げ切れたのだ。

「よしっ」

うまいこと、撒《ま》けた。でも。

(ちょっと、可哀想《かわいそう》かな。あんなに小さいんだし。……いや、交番へ迷子がいましたと届けておこう。もう関わっちゃいけないと思うけど)

そう思い、交番へ向かおうとした、その時。

目の前にあの池があった。

「えっ?」

いきなり池の水面が柱のように噴き上がり、水柱《みずばしら》が立った。見上げるほどの高さだ。ありえない光景に、啞然《あぜん》とする。池の水がなぜ風もないのに、立ち上る?

「ちょっと待って……っ」

叫ぶ間もなく、水がザバザバと水煙を上げて地上に撒き散らされた。

「うわぁっ」

びしょ濡《ぬ》れになったが、頭を両腕で抱えて、なんとか凌《しの》いだ。

ものすごく長い時間、落水に耐えていたと思った。だが、それは一瞬だったらしい。恐る恐る顔を上げてみると、周りの風景は変わっていない。

遠くで鳥がさえずる他は、なんの音もしない。

信じられない思いで辺りを見回し、大きな溜息が出た。

「あぁ、びっくりした……。なんで水がいきなり柱になったんだろう」

怪我《けが》もしていない。ホッとして身体《からだ》を起こそうとして、動きが止まった。

なぜか全裸だったからだ。

「えぇっ！　ぼくの服は⁉」

ついさっきまで着ていた制服は、跡形もなく消え失せている。制服もカバンも、そして下着も靴下も靴もない。

要するに、すっぽんぽん。まっぱである。

「なんだよこれ。ぼくの制服、どこにいっちゃったの。まさか、この水が酸性で、一瞬で溶け……。いや、そんなわけあるか」

大量の水を浴びて、びしょ濡れで、どうしよう、どうしようとパニックになりかけたが、なぜか急に冷静になる。

「慌てるな。裸って、確か犯罪になるんだよね。捕まりたくないから、とにかく服をどうにかしないと」

不条理が続くと、人間は妙に理性的になる。

驚いたり、怒ったり、困ったり、泣いたりしたい。だが、今はそれどころじゃなかった。しっかりしなくてはならない。まず服。服を着たい。

（人間の尊厳を保つためにも、全裸はダメだ）

「ご近所の人に頼んで貸してもらうとか、いや、不審者すぎる。警察に自首したら、貸してくれるかな。……でも、自首するにも、なんかなぁ」

「じちゅ、とは、なんだ」

不意に声をかけられて顔を上げると、目の前に先ほどの幼児が立っていた。

「わぁぁっ」

「充希おまえ、わたち、と、やくそく、ちた」

「や、ややや約束?」

「ちょう、だ」

『そうだ』と言ったらしいが、どう聞いても腸《ちょう》だと思った。

いや、今はそんなことはどうでもいい。幼児が無駄に自信満々なのが怖い。

「いやいやいや！　思い違いをして、すんません！」

関西の商人みたいな口調に、幼児は変なものを見るような目をしていた。

「ぼくはお役に立ちません。無能な厄介者として、学校でも施設でも名を馳《は》せています。テオドアさまは、優秀な日本国警察に相談するのが一番！」

恐怖のあまり、ものすごくへりくだった、卑屈な態度になった。でも、それで厄介ごとを回避できるなら、いくらでもアホになる。

いや、なってみせる！

とにかくこの幼児から離れたい。そして服を着たい。我ながら小さいと思うが、今の望みはそれだけだ。しかし。

「我が君」

とつぜん声がしたと思ったら、目の前に長身の青年が立っていた。

黒い長髪。削《そ》げた頬。美形だが、鋭く厳しい眼光。まるで死神みたいだ。

しかも漆黒のマントを身にまとっている。その姿は異様、いや、異形だった。

(……ハロウィンって、かなり先だよね)

桜の季節にハロウィンは、ミスマッチすぎる。

男が着ている服は、どこをどう見ても奇妙だ。いや、面妖でエキセントリックとしか言いようがない。それぐらい、禍々《まがまが》しさが満載。

イベントや映画や舞台以外では、こんな格好はあまり見かけないだろう。間違っても、満員電車には乗っていない、こんな人。

(でも、テオドアの服だって、ちょっと見ないぐらい上等だよね)

充希は自分が、上流階級と縁が薄いと熟知している。でもこんな上等な服を子供に着せていることに、違和感があった。

おかしい。

何から何まで、この二人はおかしい。ツッコミどころがありすぎる。

(逃げるは恥だが役に立つ。どっかで聞いた言葉だ。だけど、今この時、これほど似合い

の言葉もない。ぼく全裸だけど、変な人に絡まれるよりマシだ）

全裸で警察に行ったら、迷惑防止条例で捕まる可能性がある。

それとも、軽犯罪法か。確か有罪と確定されれば、罰金刑もしくは勾留《こうりゅう》。どっちも嫌だけど、全裸で交番もつらい。つらすぎる。

（何か着るものが欲しい。パンイチでいい。とにかく布地を）

その時、目に入ったのは長髪の着ているズルズル衣装。

（あれをもぎ取って着れば、軽犯罪法に違反しない）

人間は追い詰められると、ろくなことを考えない。

窃盗と軽犯罪、どっちもダメに決まっている。だが今の充希には、考える余裕がない。頭の中は初対面の男から衣服を剝《は》ぎ取ろうと、錯乱していた。

しかし事態は悪いほうへと動く。

「衛兵」

長髪の鋭い声に顔を上げると、ものすごくガタイのいい黒スーツ姿の男たちが無表情のまま、こちらに向かってダカダカ突っ込んでくる。

「ぎゃーっ、ぼく何もしてません！」

思わず叫んでしまった。それぐらい怖い。

抵抗する間もなく両脇から腕を摑《つか》まれ、素っ裸が露《あら》わになる。

いくら男しかいない状況だとしても、服を着ている人間の前で、自分だけ裸。これは恥ずかしさの極みだ。

「魔導士さま、ご指示を」

黒スーツの男が腕の力をゆるめることなく口を開いた。

(今度は魔導士さま……、っていうか、なんなのこの人たち)

「ぼく、ただの通行人です。何もしていません。帰らせていただきます！」

必死に訴えた。正直この場を切り抜けられるなら、泣き真似《まね》ぐらいやってみせる。息を止め涙腺に神経を集中させて、涙よ出ろと念じた。

「何もしていない？　いいえ、あなたさまは、とんでもない罪人です」

魔導士と呼ばれた男はそう言い放つと、充希に向かって人差し指で額に触れる。

「とても罪深い」

やばい、この人たち。そう思った瞬間、別の恐怖が湧き起こる。きっと変な団体の人だ。いわゆるやばい御一行だ。

関わりたくない。絶対に、絶対に関わらない。

「本当に無関係です、無実です！　何もしていません！」

出たのは叫びに近い、怯えた声だった。

「震えていますね。なんとも愛らしい」

唇の端だけで笑った男は、明らかに馬鹿にしている。

「罪人の命乞いは、いつ聞いても心地よいものです」

どこか面白がっているような声が信じられない。

「ぞくぞくする」

囁《ささや》く声に、寒気が走る。彼の言葉が、まったく理解できなかった。第一、見ず知らずの人間に、なぜここまで言われるんだ。

「罪人なんて濡れ衣《ぎぬ》だし、横暴だ」

よせばいいのに、口答えをしてしまった。

「横暴？　面白いことをおっしゃる。あなたのように、価値のない方に言われましても、心に響きません。仔《こ》うさぎが泣き喚《わめ》くのと同じです」

ここまで言われてしまうと、先ほどまでの怯えも忘れてとうとう怒りが限界点を超える。言いがかりも甚《はなは》だしい。

なにより、ひどい侮辱だった。

「ぼくは何もしていない。それに全裸で拘束なんて、人権侵害だ。とにかく、着るものをください。話なんかない。ぼくは帰る！」

一気にまくし立てて、内心では心臓バクバクだった。でも魔導士の男は、まったく表情を変えない。

それどころか、口元には笑みさえ浮かべていた。

「罪人だからこそ、あなたさまは捕らわれているのです」

「捕まえているのは、そっちじゃないですか」

その時になって、ようやく気づいた。

(この人、日本人じゃない)

金髪のテオドアはもちろん、この人も、マトリックスみたいな黒スーツたちも、全員が異国の人間だ。この辺で充希の疑問は、高まってゆく。

でも。でもさ。

(ぼくはなんでこの変なコスプレ魔導士と、会話ができているんだ)

自慢ではないが、充希は日本語しかわからない。外国語は、すべて理解不能。洋画だって吹き替えしか観ない、頑固親父みたいなコテコテ派だ。なのに。

(それでなんで、この人たちの会話を理解できるんだろう)

恐怖感が増して、声が出ない。窮していると、朗らかに笑われた。

「何が可笑《おか》しいんですか」

「これは失礼」

言われてようやく彼は笑いを引っ込める。だが、相変わらず面白いものを見る様相だ。

「あなたさまのような下賤な輩《やから》が、人並みの反応をされるのが可笑しくて」

さらりと言われたが、ありえない侮辱をされて、息が止まりそうになる。

「げせん……」

聞き慣れない言葉だ。だが、意味はわかる。

身分や生活水準が非常に低い、と言われたのだ。充希は初対面の魔導士とやらに、ものすごく見下げられたのだ。

「我が君が、あなたさまなどにご興味を持たれるとは。嘆かわしいことです」

しかも、百パーセント貶《けな》しているのに「あなたさま」と言われると、どうしろっていうんだと思う。やっぱりこの人たちは変だ。

それとも、おかしいのは自分なのか。

自分は劣っているから。親もなくお金もなく、施設しか帰るところがない。だから初対面の人に、貶《おとし》められてもいいのだろうか。

卑屈になりかかったその時、魔導士の声が響く。

「あなたさまは、逃げようとなさった。これは、重罪です」

「……重罪って」

「万死に値する」

あんまりな言い草に唖然とする。そして緊張が頂点を迎えたその時、聞きたくもない一言が耳に入った。

「落とせ」

次の瞬間、黒スーツ二人は躊躇《ためら》いもなく実行に移そうと、充希の身体を持ち上げて、あの池へと向かう。

自分が身動き一つ取れないのに、景色がぐんぐん変わるのが怖い。

「え？　え？　え？　え？」

落とせってまさか。まさか。まさか。まさか。まさか。

「いや、いやいやいや。待って　待って、待って待って待って！」

目の端に映るのは、池だった。

充希の身体は、ポーンと放り出される。両手が虚《むな》しく宙を掻いた。まるで何かに掴まろうとするような、そんな動きだ。

「嘘《うそ》ぉぉおおおおおおっ」

情けない絶叫が、エコーで聞こえた。

哀れで滑稽な声が自分のものだと、充希は放り投げられた直後に理解した。

2

次に目を覚ました時、目に入ったのは大きな窓。ふんわりと優雅に揺れる、レースのカーテン。木々の葉鳴り。心地よい静寂。

信じられないぐらい静かで、穏やかな空間だった。

充希のいる施設では相部屋だし、寝るところは二段ベッド。下段に寝ていると、上段に寝る児童が身体を揺らしているのか、ギシギシうるさい。

でも贅沢《ぜいたく》は言えない。文句なんて、とんでもなかった。

だって、他に行くところもないのだ。

我慢ガマンがまん。いつの間にか眉間には皺《しわ》ができ、朝、顔を洗う時は指で伸ばすのが日課となっていた。

それなのに、ここは静かだ。

子供たちの騒ぐ声がしないし、調理室から聞こえる音もない。

（静かだなぁ。こんなに静かなの、何年ぶりだろう）

そこまで考えて、瞼《まぶた》が開いた。

おかしい。

おかしいよ。どうして無音？　なんで子供たちは、騒いでないの？

答えはすぐに導き出される。

「ここは施設じゃない……っ」

頭を抱えて、自分の状況を考える。

記憶に残っているのは、上等な身なりをした金髪の子供。変なコスプレ魔導士。なんちゃってマトリックスみたいな、黒スーツの男たち。

考えられる末路は、悪の組織に売り飛ばされることだ。

「じゃあ客引きをさせられて、どこかの闇ルートで見世物として売られて、手足を切られて、臓器売買されて……」

無駄に想像力が豊かなせいか、ろくでもない末路しか思いつかない。

「うわぁぁっ、そんな悲惨な末路は嫌だぁぁ！」

柔らかい毛布に包《くる》まりながら、悲鳴を上げる。すると。

「ちょんな、わけ、あるか」

ものすごく冷静な声がした。目を開くと、視界いっぱいに子供の顔がある。

「×△□■▽×××――――っ」

声にならない叫びを上げそうになった。だが小さいお手々が、口をふさぐ。

「うるちゃい、なぁ。もう」

喚くこちらが悪い。そんな顔で睨《にら》みつけられて、思わずコクコク頷《うなず》いた。

「もう、ちゃけぶな」

叫ぶなと言ってから、幼児は手を離す。改めて見ると小さい指だ。

(こんな小さな子に、叱られ窘《たしな》められる屈辱よ……)

思わず恥じ入る充希を他所《よそ》に、幼児はポムポムと服を払う。さっき見たのと違って、レースがビラビラついたブラウスに、濃い色の半ズボンだ。

(いちいち高価そうな服を着ている)

この子の親御さんは、普段着という概念はないのか。それとも外出着という概念は、庶民の発想なのか。要するに生活水準が違いすぎるのだろうか。

(女の子ならわかるけど、男子にフリルを着せる家庭って、あるんだな)

事態はそれどころではないのに、わりと呑気《のんき》なことを考えてしまった。

「おい、十六夜、充希」

「フルネームで呼ぶの、やめてくれる?」

「なで?」

なぜと言いたいらしいが、聞こえたのは確かに『なで』だった。なんだか疲れが倍増したが、ちょっとだけ可愛らしい。

「フルネームだと、負け犬の気持ちになるんだ。充希かミッキーでいいよ」

「うむ」

横柄に頷かれて、なんか疲れた。

「では充希。おまえ、に、めいを、くだす」

「命を下す？　なんでそんなに上からなの。嫌な予感しかしないんだけど」

嫌々ではあるが答えると、幼児は腕組みをして、えっへんと威張る。どうでもいいが腕が短すぎて、ちゃんと組めていない。

「よろこぶ、が、いい」

「はぁ」

「充希はまいにち、わたち、と、ごはんたべる」

「……は？」

「あとね。いっちょに、あそぶ。いっちょに、おふろ。いっちょに、ねる」

いっちょ、いっちょとシュールさ満点だ。一緒にと言いたいらしい。しかし遊びはともかく、一緒に食事と風呂と就寝と言われて首を傾げる。

「なんじゃ、そりゃ」

「充希はかわいい。きに、いった。これは、めいれい、じゃっ」

じゃっ、と言われても困る。幼児に命令されるなんて心労が増すばかり。眉間に深い皺が寄るのがわかった。その皺は深すぎて、貯水できそうだ。

「ぼく、は、テオドアの、なんなの」

ギクシャクした問いかけに、幼児はにっこり微笑み、言った。

「充希は、わたちの、こいびと」

ピュアすぎる瞳に見つめられて、そのまま寝台に突っ伏した。

「こ、恋人？」

「うむ」

「なんでいきなり恋人？　ものすごく無理があるよ」

「むり、ぢゃない」

幼児と十七歳。間違いなく逮捕だ。

「無理だって。ぼくたち、いくつ違うと思ってんの？　国籍だって違う。さっき知り合ったばかりだよ？　いや、それよりさぁ」

ぼくたち、男同士じゃないか。

声を大にして主張したいのは、そこだ。

「これは、しんじちゅの、あい」

「は？」

「ちゅるー、らぶ、だ」

「ちゅるーらぶ？　……あ、トゥルーラブか」

幼児語だと、猫のおやつかと誤解しそうだ。しかし、真実の愛？

「ていうか、真実の愛どころじゃないって」

しかし幼児相手に本気になっても、ダメだとわかっている。だが、ここではっきりさせておかないと、なし崩しになりそうで怖い。

「そういや、きみ、いくつなの」

「みっちゅ」

「……」

三歳児に恋人だと言われて、言葉を失った。

これは、とことんバカにされているのか。それとも本当に真実の愛というやつだろうか。

「いやいやいや。みっつの子に、真実の愛って言われてもねぇ」

充希の呟きが聞こえたのか、幼児はわざわざ違う言い方をしてくれた。

「みっちゅ、とは、さんちゃい、の、ことだ」

山菜、おいしいよね。いや違う。丁寧に言い直してくれなくてもいい。三歳児に哀れまれるのは人間として、心底つらすぎる。

「あ、はい。三歳。みっつ。どっちも理解しておりますです、ハイ」

「ほんとに、わかってるぅ?」

突っ込まれて、泣きたくなった。

「わかってます。テオドアは三歳の、立派な紳士」

「うむ」

「ぼくなんかには、もったいない高貴な方。もっと家柄の釣り合う人を見つけて。ぼくは孤児だしお金もないいし、ないないづくし、ないづくし」

「こじ?」

「えーとね、お父さんもお母さんもいない子供のこと」

「なぜ、おとうさま、も、おかあさま、も、おらぬのじゃ」

「事情があって保護者がいなくなったから。そういう事情の子供を集めたのが、施設。そこにはウジャウジャ子供が住んでいるよ」

「……なぜじゃ」

「いろいろ理由はあるけど、だいたいが死別。死んじゃうこと。それに加えて育児放棄とか、若すぎて育てられないとか」

「どうちて」

「どうちても、こうちても、面倒を見てくれる親戚もいない子供っているんだよ。ぼくの場合は両親も兄弟も死んでいないから、天涯孤独とも言……」

いきなり言葉が止まった。

なぜなら幼児が大きな瞳から、水晶みたいな涙をこぼしていたからだ。

「わー、いきなりどうしたの！」

訊いても幼児は、何も答えられない。ただ泣いていた。充希はアタフタしながら、その涙を指で拭ってやる。

柔らかなほっぺに触れて、不思議な気持ちになった。

――この子は、声を出さないんだ。

さっきは盛大に大騒ぎしていた。でも今は、ただ静かに悲しんでいた。

「きみを見ていると、施設の子を思い出すなぁ」

施設の子と言われ、小さいテオドアは首を傾げている。

「施設でもギャン泣きする子と、無言の子がいるんだよ」

「そうなの？」

「うん。施設はいろいろあるけど、だいたい三歳ぐらいから十八歳までいる。みんな事情があってやってきた、家のない子だよ」

親の事情で来た子供は、比較的よく騒ぐ。ある種のパフォーマンスだ。でも、そのうち保護者が迎えに来るとわかっているから、そんなに大事《おおごと》にはならない。淋しいから、怖いから騒いでいるのだ。

でも、静かな子供は違う。

その子たちは、何もかも諦めている。誰も迎えに来ないと知っている。

なんらかの事情で、もう二度と親に会えないと悟っていた。だから、どの子も共通して、瞳が硝子玉《ガラス》みたいだった。

何も期待しない。何も求めない。何も信じない。

そんな諦観の念しかない、老成した子は存在する。

希望を持てば裏切られる。

光は見えない。

願いは挫《くじ》かれる。

だから何も望まない。

心を閉ざす。そうしないと、生きていけないのだ。自分がそうだから、なんか、わかる。

夢も希望もないと、子供でも簡単に潰れるのだ。

(だって、もう絶望したくないじゃん)

望みなんて、薄っぺらい机上の空論だと思い知ってしまったから。

「充希?」

名前を呼ばれて顔を上げると、流す涙はそのままで、心配そうな顔でこちらを覗《のぞ》き込んでいるテオドアがいた。

「かお、まっしろ」

「え？」

「だいじょお、ぶ？　ほっぺも、ても、ちべたい、よ？」

小さな手が充希の頬と手を撫でた。その温かさで、こわばっていた表情がゆるむ。

（あったかい）

じわじわと伝わる熱が、心を正常に戻してくれる。

（子供って、すごい。……っていうか熱い。湯たんぽか）

ろくでもないことを考えている充希とは裏腹に、幼児はしばらく擦《さす》ってくれた。摩擦熱と子供熱で、みるみる温まった。

「よち！」

満足そうな顔をされて、つい笑ってしまった。

（よし、でも、よき、でもなく、よち。可愛いなぁ）

「ありがとう。すごく温かくなった」

微笑みながら礼を言う。肌が冷たくないのは、すごく気持ちが安らぐのだと初めて知った。子供の頃から、充希の手はいつも冷たかった。

（温めてくれる人なんて、いなかったもんね）

そこまで考えていると、幼児がニコッと微笑んだ。

「充希、は、わたちがいないと、なんにも、できないんだからぁ」

「は？」

「ちかたのない、ういやつめ」

仕方のない、愛《う》い奴め。

眉が寄りすぎて、波々になるのが自分でわかった。理解が及ばないからだ。時代劇でたまにある台詞だが、まさか本当に聞くとは思わなかった。

「よち、ちめた」

決めた？　何を決めたのだろう。

「えーと、なんの話？」

笑顔で訊いてみたが、ものすごく嫌な予感しかしない。

「充希、ちょなた、に、こよいの、トギ、を、めいぢゅる」

「トギ？　命ずるって、米を研《と》げってこと？　でも、こんな家に米あるのかな」

室内は素晴らしい洋式建築。天井や壁は優雅なレリーフで飾られているし、調度品も見事なアンティーク。要するに米食は、不釣り合いだ。

（こんな家なら、朝から晩までフランス料理とかだと思った）

とんちんかんなことを考えていた充希に、テオドアはどこから出してきたのか、分厚い本を手渡してきた。

「何これ。……うわ、おっも！　よくこんな重い本を持てたね」

ズシリと重い革表紙の本を受け取り、つい素直な感想が出る。

「じちょ、だ」

「じちょ？　あ、自著じゃなくて辞書か」

重くて読みにくいので移動して、椅子に腰をかけた。テーブルに置いた分厚い辞書は見知らぬ文字ばかりで、溜息が出る。

「ぼく頭がよくないから、英語とかフランス語とかドイツ語とかポーランド語とかタガログ語とかエストニア語とか読めな……」

適当に断ろうとして、ページをめくる手が止まる。

――――読める。

見たこともない文字で書かれたものが、まるで日本語のように、すいすい頭に入ってくるのだ。自分でも信じられなかった。

（もしかしてこれは、異世界転生ってやつ？）

施設の女の子たちが夢中で読んでいた、異世界召喚のラノベがよみがえる。

主役はたいてい冒頭で亡くなり、いきなり違う世界でのし上がる話が多い。

その異世界で主人公は特殊な能力を持っていたり、魔法が使えたりする。

（異国の字が読めるのって、これも魔法なのかな）

すごい能力があるのは羨ましいが、死ぬことが前提ってひどすぎる。

両親が早死にだったから、自分もご長寿になれるとは思っていない。それでも心の準備もなく死ぬのは、あんまりだ。

「ぼく、死んじゃった、のかも……」

思わずそう呟き、手にした辞書をぼんやり眺めた。

一つも、いいことがない人生だった。彼女どころか友達もいない。ないないづくしの生涯だった。これは転生できただけ、マシなのだろうか。

「充希、ちんでない」

「えっ」

びっくりして幼児を見ると、瞳がキラキラと輝いている。もともと綺麗《きれい》な子だが、今は星の王子さまみたいだった。

「だいじょ、ぶ。ちんで、ない」

大丈夫。死んでない。そう言われて、不意に泣きたくなる。

「ちんでない……、ぼく、ちんでないのかな」

興奮して声が震え、なんでか幼児語になっていた。

でも、それより死んでいないと言われて、目が輝いたのが自分でもわかった。

「よ、よかった……っ」

「うん、それでね、ヨトギ、なんだけど」

「あ、はいはい。ヨトギね、ヨトギ」

テーブルの上に開きっぱなしになっていた辞書の、『よとぎ』を開いてみる。そこには、こう記してあった。

よとぎ【夜伽】夜、物語などをして相手になること。

（あ、絵本の読み聞かせか。なーんだ、簡単カンタン）

そこまで読んで安堵《あんど》してしまった充希は、溜息をついた。

もちろん辞書には続きがある。

『よとぎ【夜伽】寝所で女が男の相手をすること。

また通夜などのために、夜通しそばにつき添うこと』

どちらかと言うと、こっちがメインだろうという項目を読み逃し、充希は辞書をパタンと閉じてしまった。

後に、この読み逃しを、充希は死ぬほど後悔する羽目に陥る。

「わかった、夜伽《よとぎ》ね、夜伽。じゃあ、今夜から早速やろうか」

「や、やるの？」

「うん。ぼく施設で年少さんの面倒を見ていたし、寝つきの悪い子には、読み聞かせしていたから、得意だよ」

「と、とくい……っ」

いきなり真っ赤になってしまった幼児に、充希は首を傾げた。

「急に真っ赤になっちゃって、どうしたの？　おかしいなぁ」

照れているのかと思い、可愛いと目を細める。その時、ノックの音がして黒スーツ男が入ってきた。神妙な顔をしている。

「テオドアさま、じきに大聖堂の鐘が鳴る頃でございます」

その言葉に顔を上げると、幼児の様子が一変する。

「なんと。それは、いちだいじ！」

狼狽《ろうばい》した声で時代劇みたいなことを言い、座っていた椅子から立ち上がる。そして忘れ物を思い出したかのように振り返り、充希に向かって言った。

「では、こよいの、ヨトギ、たのしみにしてる、ぞ」

たどたどしく言って、黒スーツ男と出ていってしまった。唖然として扉を見ていると、メイドらしき女性が入ってくる。

「失礼いたします。ご気分がよろしければ軽食など、いかがでしょう」

この状況で、こんなわけのわからない環境で出される食べ物を口にする勇気はなかった。

「軽食？　い、いいえ。ぼくお腹《なか》は空《す》いてな……」

そこまで言いかけると、ぎゅぅううううっと怪音がした。充希の腹から絞り出された、空腹のサインだ。

躾《しつけ》が行き届いたメイドは、表情を変えることもない。

「すぐにご用意いたしますね。申し遅れました、わたくしアメリアと申します」

「ア、アメリア、さん」

「どうぞアメリアとお呼びくださいませ。充希さまのお世話係を申しつかりました。よろしくお願いいたします」

彼女はそう言うと深々とお辞儀をして、部屋を出ていく。だが、すぐに戻ってきた時には、銀色のワゴンを押していた。

「お待たせいたしました。まずはカボチャのポタージュスープでございます」

深皿には、オレンジ色の温かい液体。部屋の中にいい香りが漂った。

(おいしそう)

見た瞬間から、頭の中はカボチャ一色だ。

ふわふわの湯気。おいそうなカボチャとバターとミルクの香り。見ているだけで元気が出るビタミンカラー。

またしても腹の虫が盛大に鳴る。

(待て待て待て。毒が入っていたら、どうすんの。……でも、でもおいしそう。お腹空きすぎて、ぐうぐう鳴っている。そういえば朝も昼も食べていない)

朝は施設の子供たちが大騒ぎしてて、止めようとしたら牛乳をかけられて、散々な目に遭って、学校に逃げた。

昼休みは苛《いじ》めっ子らにネチネチ絡まれて、ごはんを食べる時間がなかったことがよみがえる。あれはつらい。ぐうぐう、お腹が鳴っていた。

だから、要するに、ものすごく。

(めっっっちゃくちゃ、お腹が空いているんだ!)

しかもアメリアさんは清潔感ある綺麗な人だし、正直、タイプである。この人を疑うのは申し訳ない気がした。ものすごくした。

そして、結局。

「いただきます!」

スプーンで口に入れたカボチャのポタージュは、クリーミーで野菜の味が濃くて、このまま天国に行ってもいいぐらい、めちゃくちゃ美味だった。

「おいしーい……」

「お口に合いましたか。ようございました」

次に出されたのは、サラダと魚介類のゼリー寄せ。それからローストビーフが、たっぷり挟まったサンドイッチ。

嚙《か》むと旨味《うまみ》が、口腔《こうこう》に広がっていく。こんなにおいしいものを食べたのは、憶えている限りでは初めてだ。

「すごい、おいしいです」

「本当に、お元気になられましたね。最初、神の泉に浮いていたと聞いた時には、どうなることかと思いましたが」

「神の泉？」

「はい。お屋敷の庭園の奥にある、神聖な泉です。使用人は近づけず、管理する者は一人と決められているぐらい、大切な泉なんですよ」

「そんなところがあるんだ。すごいね」

そう言いながら、そのわけのわからなさに嫌な予感しかしない。

（なんなの、神の泉って。妖しい団体の臭いがする。胡散《うさん》くさい。絶対に近づいちゃなんねぇってやつだと思う。くわばら、くわばら）

そんな充希の心中など知らぬアメリアは、冷たいジュースを出してくれる。

「ごゆっくりお召し上がりください。後ほど、デザートをお持ちします」

部屋を去ろうとする彼女に、すみませんと声をかける。

「なんでございましょうか」

「忙しいところ、ごめんなさい。夜にテオドアが遊びに来るっていうので、絵本とお菓子を用意してもらえますか。あとホットミルクとか」

「テオドアさまにホットミルク……と、え、絵本、ですか」

優しい表情が一変して、こわばった顔になった。

何か間違ったことを言ったと悟った充希は、ハッと口を押さえた。

確かに子供に夜オヤツなんて、やっちゃいけないナンバーワンだ。

「変なお願いして、ごめんなさい。でも温かいミルクは落ち着くし、絵本は読み聞かせに使いたいんです」

「いえ、変ではございません。でも、……ホットミルクをテオドアさまにとおっしゃるので、驚いてしまって」

歯に衣着せた言い方だ。もうちょっと掘り下げようとすると、アメリアはとつぜん頭を下げて早口で謝罪する。

「出すぎたことを申して失礼しました。軽食と絵本は後ほどお持ちいたします」

そう言ってアメリアは部屋を出た。あまりの不自然さに、呆然《ぼうぜん》としてしまう。

「……なんなの」

その後、洋梨のタルトと紅茶が出たが、サーブしたのはアメリアではなかった。白髪混じりの髪をピタッとオールバックにした、初老の男性だ。

「執事のマーレと申します。どうぞお見知りおきくださいませ」

執事。充希にとって、ここはトンデモ館で決定した。

「あ、はい。ぼく十六夜充希っていいます。充希って呼んでください」

「かしこまりました。充希さま」

「充希でいいです」

「とんでもないことでございます。充希さま、ようこそいらっしゃいました」

自分の父親より年上だろう人に頭を下げられて、もう言葉が出なかった。

（本当に、なんなの）

今までの生活とは、まるで違う状況。戸惑うのも無理はなかった。

「マーレさん。あの、ここは、どなたのお屋敷でしょうか」

改めて訊いてみたら、彼は表情も変えず、穏やかに言った。

「わたくしのことは、マーレとお呼びください。こちらのお屋敷のことと今後のことは、後ほど主人から話があるかと存じます」

「主人……、ってことは、このお屋敷で一番、偉い人ですよね」

「左様でございます」

「あの、ご主人って、どんな方なんですか。テオドアとはどういう関係ですか。もしかして、テオドアのお父さんとかでしょうか」

「当家の主人は、テオドアさまでございます」

衝撃の告白に一瞬、言葉を失った。しかしすぐに出たのは叫びだ。

「ええええええ――――えっ！　あの小さいテオドアが、このお屋敷の主人？」

「左様でございます」

「だって、あの子まだ三歳なのに！」

「はい。グラフトン公テオドア・オーガスタ・フィッツロイさまでございます」

聞き覚えのある、長ったらしいフルネーム。

「あ、あのぅ」

「なんでございましょう」

「グラフトン公って、……何？」

「グラフトン公爵、公爵家の称号でございますよ」

「公爵って、偉い人だよね」

「爵位は貴族制度の階級です。上から順に、公爵《デューク》、侯爵《マーカス》、伯爵《アール》、子爵《ヴァイカウント》、男爵《バロン》、準男爵《バロネット》、士爵《ナイト》、それから功績を称《たた》えられ一代限りの男爵《バロン》を授爵される一代貴族がおられます」

聞いているだけで、気持ちが悪くなってくる。なんという縦社会。

しかもテオドアがいる公爵家とやらは、一番上の階級ではないか。

「じゃあ小さいテオドアは、すごく偉いんだ」

充希の感嘆の言葉に、執事は微笑むだけだった。

驚愕《きょうがく》の事実ばかり聞かされ、いつしかタルトを食べていた手が止まっていた。

主人。三歳児が主人って、そんなわけがない。

未成年というより、おむつ、通称おむパンを穿《は》きこなす幼児ではないか。

「あ、そうか。わかった！」

これは、上流階級あるあるだと気づく。

「ご主人さまが急に亡くなったりして、テオドアが跡を継いだとかですね。でも、ちゃんと後見人とかがいて……」

そうだ。歴史の時間でも習ったことがあった。当主が子供でも、ガッチリ後見人がいて、結構な悪さをしていたとか。

しかし執事から返ってきたのは、意外すぎる答えだった。

「いいえ。先代はご健在でいらっしゃいます。家督をテオドアさまに譲られ、クリケットや乗馬を、お楽しみでございまして」

「家督を譲るって、なんですか」

「先代から財産や領地を、お世継ぎが譲り受けることでございます」

「え？　元気なのに引退ってことですか」

「はい。まさに、悠々自適でいらっしゃいます」

予想外の答えに呆然とする。乗馬ができるほど元気なのに、三歳児に家督を譲るって、どんな親だ。

ていうか、どんな国？

メイド喫茶みたいな格好した女の子。執事喫茶にいる店員さんより、立派な執事の男性。日本では聞いたこともない貴族の世界。公爵閣下。

現代じゃない。

何かこう、古いというかクラシックで、今時ではない世界。

――そうだ。ここは日本じゃない。現代ですらない。

会う人のすべてが外国人。それだけじゃない。肌に触れる空気が違う。池に落ちる前も、変なことばかり起こった。

言葉が通じる、外国人の子供。黒スーツのマトリックス男。コスプレ魔導士。

いきなり見せられた水柱。小さいテオドアの号令に従って水に落ち、上がってこなかった水鳥たち。あの鳥は、水から上がったのだろうか。

今の日本に華族は存在していない。戦後すぐに廃止になったからだ。

では。

それでは、いったい自分は、どこにいるのだろう。

「もしかして、異世界……？」

学校でも流行《はや》っていた異世界転生。

自分はいつ転生したのだろう。

テオドアは仕立てのいい上等な衣服を着ている。今どきの量販店なんかとは、品が違う。形も昔からの三《み》つ揃《ぞろ》いに半ズボン。

急に黙り込んでしまった充希に、執事は紅茶のおかわりを注いでくれる。

「入浴の準備もできております。いかがでしょうか」

そう言われて、改めて自分の姿を見下ろした。記憶にあるのは裸で黒スーツたちに、池に放り込まれたこと。

でも今は、小綺麗な襟のない柔らかいシャツと、共布のズボン。要するにパジャマみたいな服だ。

「ぼく、シャワー使いたいです。髪も洗いたい」

「かしこまりました。では、浴室にご案内いたします」

案内された浴室はタイル張りで、とても清潔だった。執事が内部を一通り案内してくれて、蛇口をひねる。するとシャワーヘッドから、温かいお湯が流れた。

「お湯だ」

「はい。当家のお屋敷は十八世紀中ごろの建築ですが、上水道からお湯が出ますし、下水道も完備。快適にお過ごしいただけるかと存じます」

「十八世紀……」

ガチのアンティーク屋敷。それを修繕し改築しながら暮らしているのだ。たぶんこの屋敷は、一般階級より遥《はる》かに、環境が整っているだろう。

胸を張っているのは、自慢の設備だからだ。

(うわー、なんか可愛い)

執事の服装を見ていると、映画で観たシャーロックホームズの登場人物と、似た感じ。ランプも灯《とも》るし、お湯も出ると言う。

文明的だが、それだけじゃない。伝統が息づいた素晴らしいお屋敷だ。

(ぶっちゃけ、ここは何世紀なんだろう)

充希が馴染《なじ》んでいた環境と、だいたい同じ。でも、どこか違う異空間。

(シャワーからお湯が出て、排水されている。ということは、インフラが整っているんだ。昔の家っぽいから、てっきり盥《たらい》に水を汲《く》んでくるのかと思った)

かなり失礼なことを考えながら浴室を借り、シャワーで髪を洗うと落ち着いてきた。石《せっ》鹸《けん》のいい匂いがして、気持ちがいい。髪も肌もサラサラだ。

「わー、さっぱりした。シャワー最高……」

部屋に戻ると、冷たい炭酸水が用意されている。なんてありがたい世界なのか。

そう思いながらも、まだ警戒心が解けない自分がいた。

これから自分は、どうなってしまうのか。元の生活に戻れるのか。

ただ、不安しかなかった。

□□□

「充希さま。こちらご要望のお菓子と、絵本でございます」

　夜になってマーレは硝子ドームに入れられた焼き菓子と、アイスペールで冷やされたボトルを持ってきてくれた。中身は檸檬水《れもんすい》だという。

「ありがとう。じゃあ、ぼく着替えようかな」

　入浴後に着たゆったりしたバスローブみたいな服のままだったので、楽だけど、やはり気になって着替えようとしたら、忠実な執事に止められた。

「充希さま、そのままの衣服のほうが、よろしいかと存じますよ」

「え？　いくらテオドアでも、こんなバスローブみたいな格好は、ちょっと……」

　バスローブみたいは言い得て妙で、手触りのいい服は、ベルトを結ぶだけ。ボタンなし。ひらひらで、下着なし。ノーパン。

（なんか嫌だ。ノーパンという昭和な響きが、ものすごく嫌だ）

　ラフすぎる下半身に躊躇する充希に、マーレはさらに言った。

「主人もきっと、同じ服をお召しでしょう。どうぞ気楽に、ごゆっくりお楽しみくだされば、主人も喜ぶことでしょう」

物腰は柔らかいが、執拗《しつよう》にこの格好を勧めてくる。

（ううう。つらい。つらすぎる。でもガマンするしかないんだ）

観念して、項垂《うなだ》れながら頷いた。

「わかりました。マーレがそこまで言うなら、このままでいいです……」

ノーパンツ・ノーライフ。

残念なことに充希の運命は今、ここで決まったのも同然だった。

そしてそのことを、本人が知る由もなかった。

□□□

深夜になって腹が空いた。ぐーぐー鳴る腹が、やかましい。

「うーん、お腹が減ったよー」

夜伽の約束をしたテオドアはその後、何時間が過ぎても現れなかった。もう寝てしまったのかと思いながらも、義理堅く起きて待っていたが、限界だ。

三時頃に食べた軽食は、腹持ちがよすぎた。そのせいで、夕食も食べられなかった。

おかげで今は、お腹がぐうぐう鳴っている。

食べ盛りだから、これぐらい当然かもしれない。

「これ、一個ぐらい食べても問題ないよね」

変な時間の空腹に悩むことになってしまった充希の目に入ったのは、テーブルの中央に置いてある硝子ドームの中にある焼き菓子。躊躇いながら口に入れると、濃厚なバターの香りと味がした。

「うわー、何コレすっごい、おいしい」

さくさくホロホロリ。アーモンドとバター。表面に見える欠片《かけら》は岩塩。

甘じょっぱい焼き菓子は、人の心を鷲摑《わしづか》みにする。充希も例外ではなかった。

（もう一個、もう一個だけ）

空腹も手伝って、食べ始めると止まらない。それが人情。チョコがけポテトチップと同じ理屈だ。罪深い、悪魔の食べ物である。

「おいしい、やばい……、おいしい、やばい……っ」

ハッと気づけば、残り一個という惨状だった。後悔しても、もう遅い。

「うわーっ、しまった！　やっちゃった！　どうしよう！」

幼児のために用意しろと、誰かに言われたわけでもない。ただのおせっかいだ。だから別に、気に病む必要もない。

だが、無駄に神経が細かい充希は悩んだ。

――――うん。謝ろう。

苦悩したわりに当たり前の結論に至った。だが、人間関係の基本でもある。

心から謝れば、大抵のことはなんとかなるはずだ。ならないことも多いけど。

その時。トントンとノックの音がした。反射的に時計を見たら、もう真夜中だ。

（いつの間に、こんな時間になっていたんだ。ていうか、幼児をこんな時間に出歩かせるなんて、どんな管理体制だよ）

なおも、ノックは続く。慌てて返事をした。

「は、はいっ」

なぜか声が裏返る。喉元を押さえていると執事が扉を開け、深々と頭を下げる。

「失礼いたします。主人をお連れいたしました」

仰々しく言われ空気が重くなり、ちょっと引く。明るい声で「遅かったじゃん！」と笑い飛ばそうとしたが、ちびこがいない。

あり－？　と首を傾げ、視線を上げてみた。

そこにはマーレが深々と頭を下げて、誰かを案内している。幼児じゃない。

そこに立っていたのは、長身の美青年だった。

3

(えーと、どなたさん?)

間が抜けた感想だが、幼児が来る予定だった。そこへ長身の、マッチョ男が現れたのだ。とぼけた反応も仕方ないだろう。

(っていうか、すっごい美形だなぁ)

充希の目の前に立つ青年は、見惚《みと》れるほど整った顔立ちをしていた。

彫像のような美貌って言い回しを、何かの本で読んだことがある。その時は気恥ずかしいというか、『ずいぶん大仰な言い方をするな』と思った。

彫像っていうのは、彫刻家の創造の賜物。そんな綺麗な人が、そうそういるはずがない。断言してもいい。

特に日本人は、平たんな顔をしている。彫りの深さには縁がない。

(こんな人が、存在しているんだ……)

目の前の青年は、美しい額と頬と顎をしていて、宝石みたいな碧い瞳をしている。長い睫毛に縁どられた美しい瞳。細く高い鼻梁《びりょう》。肉感的な唇。

そして綺麗な稜線を描く首筋から肩。長い両腕、逞《たくま》しい胸。すらりとした脚。

(こんな人が、この世にいるんだ)

大げさではあるが、今まで施設と学校しか知らない充希にとって、こんな美形を見たのは初めて。

まさにコペルニクス的転回であった。

「ごきげんよう、充希」

「え……、ぼくの名前を知っているんですか」

「もちろん、知っている。私はテオドアだ」

「テオドア？　小さいテオドアと、同じ名前？」

「いかにも」

ちょっと混乱しそうになったが、ふと思い出す。

海外では父親が、息子に自分と同じ名前をつけて、jr《ジュニア》と呼ぶのは普通だ。敬虔《けいけん》なキリスト教徒は、聖人から名づけることが多い。だから、親子が同じ名前になるのは、めずらしいことではないのだ。

だが文化が違う日本人には、親子で同じ名前は、ちょっと理解できない。

(このテオドアたちも、そんな感じなのかな)

ふと顔を上げると、マーレが新しいお菓子をテーブルに配膳してくれていた。充希が食べてしまったからだ。

お礼を言おうとしたが、彼はすごい早さで部屋を出ていってしまった。

「あれっ、マーレが行っちゃった」

執事の後ろ姿を目で追いながら、大人テオドアが椅子に座った。

「彼は忙しい男だから。それより充希、きみと少し話がしたい」

「あ、はい。なんでしょう」

改まって話と言われると、緊張する。

「先ほど、きみと話をしていた小さいテオドアは、私の息子ではない」

「え？　そうなんですか」

なんだか頭がこんがらがってくる。じゃあ、ｊｒでもない。いや、そもそも誰もｊｒなんて言っていなかった。こっちの勘違いだ。

（あわてんぼうだなぁ）

自分でも、おっちょこちょいの自覚はある。それにしても絶世の美男と、こまっしゃくれた幼児とは、髪と瞳が合致している。

大きいテオドアと小さいテオドアは、他人なのか。

「何か、気になるところでも？」

「小さいテオドアと絵本の読み聞かせをする話だったのに、なぜ来ないのかなって」

「絵本の、読み聞かせ？」

「はい。小さいテオドアに夜伽を命ずるって言われたけど、意味がわからなくて。で、辞書で調べたんです」

「ほう」

「辞書には夜、物語などをして相手になることって書いてありました。だから、今夜は絵本の読み聞かせをしようと思って……」

そこまで言うと、とつぜん、ぷはっ！　と聞こえた。

（え？　今、誰か笑った？）

しかし室内には、テオドアと自分しかいない。彼を見ると、美貌をまるで崩していなかった。

「何か質問でも？」

そう訊かれて、首を傾げる。

「いえ、なんか変な声がして、誰かが笑った声が、聞こえませんでしたか？」

「いや。何も」

そう言われると、自信がなくなる。

自分は疲れているし、水に落ちたり、気絶したり、いろいろなことが起こりすぎていて気持ちが追いつかない。

空耳だ。うん、空耳ソラミミ。

そう納得して顔を上げた瞬間、身体中の血の気が下がる。

ちょっと顔を伏せていた数秒の間に、部屋の中の人数が増えていた。

「ひ……っ」

目の前に立っているのは世界で一番、会いたくない男だった。

悲鳴のような声を上げると、黒い服の男は唇の端を上げて、悪辣《あくらつ》に笑った。そういえば、さっきの笑い声の正体もコイツか。

「コスプレ魔導士！」

「何か悪口を言われた気もいたしますが、取りあえず充希さま、ごきげんよう」

その挨拶に、違和感があった。いつ、自分は彼に名乗っただろう。

考えてもわからない。覚えていないのだ。覚えているのは――――。

『あなたさまのような下賤な輩が、人並みの反応をされるのが可笑しくて』

信じられない侮辱。孤児の充希は、いろいろバカにされることが多い人生だけど、そこまで蔑まれたくはない。

というより、人が人を卑しめるのは、いけないことだ。充希は頭がよくない自覚はあるが、他人を見下す人間は嫌いだった。

貧血を起こしそうになりながら、必死で踏ん張った。ここで負けたくない。

「あんたが、なぜここにいるんだ！」

魔導士は充希の怯えなど見透かしているように、唇の端だけで笑っている。

得体の知れない畏れに、支配されそうだった。

「これはまた、異なことを。このお屋敷は、わたくしの主人のもの。出入りするのは、ごく当然。咎められる謂れはございません」

「主人って……」

「わたくしの主人は、もちろん、テオドアさまです」

「主人ってさぁ……、それ、どっちのテオドアのこと言ってんの？」

思わず口をついて出たのは、大きいテオドアか小さいテオドアか、確認したかったからだ。しかし魔導士は、それを一笑に付した。

「どっちのとは、どういう意味でしょうか」

彼の瞳は、面白がっている。要するに、バカにされているのだ。

「今、ここにいる精悍《せいかん》なテオドアではなく、三歳児のテオドアのこと。ぼく、あの子に夜伽を命じられたんだ。来ないなら、もう寝る」

魔導士の登場が、どうにも神経に障る。なので、つっけんどんに話した。

「夜伽？　あなたさまが三歳の子供に本気で、夜伽をなさると？」

とうとう魔導士は、皮肉そうに笑った。頭にくる嘲笑だ。

「なぜ笑うんですか。失礼だ」

低い声に、魔導士は長い袖で口元を押さえる。明らかにバカにした笑みだった。

「なぜ小さいテオドアさま相手に、夜伽などという話になるのでしょうね」

充希の言葉に、テオドアに目配せをした。彼も何か言いたげだ。要は、こいつバカですよと魔導士は言いたいのだろう。

「だって夜伽って、絵本の読み聞かせでしょ。何か問題あるの」

そう返すと魔導士もテオドアも、絶句している。

何か変なことを口走ってしまったのか。不安になってきて、近くにあった辞書を広げる。

「ぼく、夜伽の意味がわからなくて、辞書で調べました。そうしたら、ホラ」

指で示した箇所には、先ほどと同じ文字が並んでいる。魔導士とテオドアは、それを覗き込んだ。

【夜伽】夜、物語などをして相手になること。

充希がドヤ顔で二人を見ると、ものすごく同情的な視線が集まった。俗にいう、可哀想な子を見る目だ
「なんですか。なんでそんなふうに、ぼくを見るんですか」

狼狽《うろた》えて抗議すると、魔導士は黙って辞書の続きを指さした。

「え？」

『よとぎ【夜伽】夜、物語などをして相手になること』

（なーんだ。やっぱり絵本の読み聞かせじゃん。心配して損した）

そこまで読んで、また憤慨する。しかし、辞書には続きがあった。

『よとぎ【夜伽】寝所で女が男の相手をすること』

「……え？」

『または通夜などのために、夜通しそばにつきそうこと』

「えええええ？」

一瞬の沈黙の後、悲鳴が響き渡る。もちろん、充希の悲鳴だった。

「なにそれ、なにそれ、なにそれーっ！」

奥手ではあるが、人並み程度の性知識はある。寝所で女が男の相手〜のくだりで、鼻血を噴きそうになった。

夜伽の意味は、三つもあった。通夜があるわけないから、もちろん却下。夜、物語を聞かせるというのも、子供がいないこの場ではアウト。

残るは。

残るは寝所で男女のもつれ合い一択。

「なんで、そーなるの！　小さいテオドアは三歳児なのに、女が男の相手とか、ありえないでしょ。ていうか、あの子が夜伽の意味を知っているの⁉」

頭を抱え込む勢いで叫ぶと、テオドアがおもむろに言った。

「テオドアはグラフトン公だ。彼は世継ぎを残さねばならないからな」

「世継ぎって、ぼく男ですよ。同性相手に子づくりして、どうするんですか」

「いきなり子づくりというわけではない。ただ、お互い房事に慣れておくほうが、いいだろうと思うのだが」

「それって、児童虐待だ。夜伽なんて、非人道的です」

そう言うと彼は黙ってしまった。

「子供は子供らしく。思春期が来れば性に関心を持つでしょうけど、それまではミッキーと遊んでいればいいんです！」

「ミッキー……。ミッキーランドの、ミッキーか」

「あ、知っているんですか。ミッキーなんて子供向けなのに」

三歳児のテオドアはミッキーを知らなかったが、このテオドアは大人だけに、知識として知っているのだろう。

(ていうか異世界に、ミッキーランドってあるの？)

不審に思っていると、隣にいた魔導士が訊《たず》ねてくる。

「我が君、ミッキーランドとは、なんでしょうか」

「気にするな。だが彼のことは、ミッキーと呼ぶのがいいそうだ」

そこまで聞いて、充希の動きが止まる。ミッキーって呼んでねと言ったのは、大きいテオドアじゃない。小さいあの子にだ。

いや。いやいやいやいやいや。

目の前にいるのは、細マッチョの長身の美青年。小さいテオドアの父親と言っても、おかしくないぐらい年齢が離れている。

だけど、初対面の時から充希の名前を呼んだ。

そこで充希は奇妙な、だけど信憑性《しんぴょうせい》が高い考えに思い至る。

恐ろしくもバカバカしい、奇妙な仮説だ。

……まさか。いや。

そんな。そんな、ね？　まさか、ね？

でも、何もかもが、むちゃくちゃだ。笑っちゃうぐらい、変なことばかり。

あの子の名前なんだっけ。あの無駄に長い名前。テオドア。えぇと、その前。

「あのー……」

「なんだ、ミッキー」

「いえ、あの、確かにミッキーと呼んでいいって、ぼく言いました。だけど、それは小さいテオドアに言ったんです」

反応はない。

「どうして大きいテオドアが、ミッキーのことを知っているんですか」

思わず眉間に皺が寄る。我ながら、すごくシリアスな表情をしているだろう。

テオドアは、憂いを帯びた表情だ。貴公子というか、王子さまというか、庶民にはあまりない優雅な笑みだ。

「小さいテオドアと私は同一人物だ」

マンガの描き文字みたいな静寂が襲ってくる。

いわゆる、「シ―――ン」というやつであった。

□□□

長い間、沈黙が続く。それも当然で、彼の言うことは青天の霹靂《へきれき》。というか、寝耳に水どころか、土石流だ。

「意味がわかりません。なんで小さいテオドアとあなたが、同一人物？」

「神の思《おぼ》し召《め》しである」

いきなりの神さま論で来られても、納得できるはずがない。

「そんな曖昧な理屈って、おかしくないですか。神さまって、どこの宗教ですか。キリスト教ですか？　カトリックとかプロテスタントとかあるんですよね」

「私は特に、おかしいと感じない。神は神。信じる者は、救われる」

いや、おかしい。おかしい以外、何があるのさ。

充希は心の中でツッコミを入れまくってから、疑問を続けた。

「理屈が成立してないし、そもそも仏教徒が多い日本で生まれたんで、神の概念がわからない。なぜ三歳児と、同一人物なのか答えて」

「それはさておき、恋の力だ」

「……はぃ？」

眉間に皺を寄せて首を傾げると、いきなりテオドアは頬を赤らめる。

「一目で、恋に落ちた」

眉間の皺が、また深くなる。金魚を放せば、すいすい泳げるような深さだ。それぐらい、意味がわからない。

「恋？」

「二人出会ったその日から、愛の花咲くこともある。充希、どうか私の気持ちを受け入れてくれ」

妙に古めかしい昭和のフレーズは、あまりに世俗にまみれすぎていた。

この人が公爵っていうのは嘘だ。どこの世界に、コテコテのキメ台詞を宣《のたま》う公爵閣下がいるだろうか。

「小さいテオドアとは夜伽の約束をしたけど、大きいテオドアは遠慮します」

「なぜ」

「絵本の読み聞かせだけじゃ、すまなくなりそうだから」

そう言うと、物悲しい顔をされる。

「小さかろうが大きかろうか、元を正せば同じ人間だ」

「ヒューマン的な視点で、話をすり替えないでください」

「私は初めて会った時に、きみに恋をしたんだ」

甘い声で囁かれたが、心に何も響かない。

この胡散くさい告白を聞いて、瞳を潤ませる奴は、よっぽど孤独だ。詐欺師の手管を、見ている気がする。

「そりゃあ絶対に嘘だね。言うに事欠いて恋ってさぁ。嘘つき」

「嘘などついていない。私は真実の姿で、きみを愛していると誓う」

あまりの嘘くささに笑いそうになったが、無理やり飲み込んだ。

「本当の姿が大きいテオドアだとすると、小さいテオドアはなんなの」

意味がわからず混乱しそうになる。

「あれは、……呪いだ」

「はぁ」

緊迫感のない返事をしたけれど、彼は構わず話を続けた。

「私は政敵に呪いをかけられた。そのせいで昼は、むちむち幼児の姿にさせられている。でも、夜は本当の姿に戻るのだ」

胡散くさい。ことごとく、胡散くさい。むしろ、でまかせ感しかない。

猜疑心《さいぎしん》に満ちた眼差《まなざ》しで彼を見ると、またしても悲しげな瞳で見つめられた。

「今の、この私が真実のテオドアだ。だから、きみを欲している。夜伽を命じたのも、愛を捧《ささ》げたいからだ」

両手で情熱的に手を握られ、言葉が出なかった。なんというか、むちゃくちゃだ。

（なんだかなぁ）

違和感しかない、奇妙な世界。

あの池に落とされた時から、……いや、小さいテオドアに会ってから、いろんなものがズレていく感じがする。

自分はどこにいるのだろう。やっぱりここは、異世界か。

「やっぱり、ぼくには夜伽なんて務まらない」

バッサリ言い切ると、彼は切なそうな顔をする。

「きみは意地が悪い」

そう囁かれて、充希は溜息をついた。気持ちは、「なんでやねん」である。

「意地悪じゃない。だって愛を捧げるって女の人みたいに、えっちするってことでしょう。ぼくには無理です。やったことないし知識もないし怖いし」

赤裸々な童貞宣言だった。もちろん恥ずかしかったが、今はそれどころじゃない。ここは腹を括《くく》らねばなるまい。

「男のぼくを見て恋に落ちるのって、無理があるでしょ」

立て板に水の勢いでまくし立てたが、その声が急に止まった。

今度こそテオドアは、つらそうな顔をしていたのだ。

「え？　あれ？」

いきなり夜伽とか言い出すような人が、自分なんかの言葉に傷ついている。

そんな顔をされると、こっちのほうが心が痛い。

充希までションボリしていると、いきなり鋭い声がした。魔導士だ。

「あなたさまのような下賤の輩が、高貴な方から望まれたのです。さぁさぁ、夜伽のご準備を進めてください」

ここまでの充希とテオドアのやり取りを聞いていなかったように、魔導士が話をまとめにかかった。

場違いなくらい声を張られて、充希のションボリが消える。

（関係ない人に張り切られると、なんか、むかっ腹が立ってくる）

「あのー……、夜伽の準備って、なんですか」

うっかり訊いてしまった。

ヒラヒラの衣装を着たり、化粧をしろってことなのか。わずかばかりの知識でそう思っていると、とんでもないことを言われた。

「主《あるじ》を受け入れるんです。それなりに洗浄したり油を塗ったりあるでしょう」

しばらく間があった。そして、すぐに充希の顔が真っ赤になる。

「せ、せ、せ、洗浄って、油って、……油⁉」

「男が夜伽をするのですから、そのまま素っ裸になればいいというものでは、ございません。わたくしが夜の嗜《たしな》みをお教えいたしましょう」

表情も崩さず言ってのける魔導士に、ドン引いた。

「信じられない。セクハラだ！」

「セクハラ？　なんのことやら。準備しないと、つらいのはあなたさまですよ」

赤裸々なことを淡々と告げられて、鳥肌が立った。

「うわーっ！　やめてやめて気持ち悪いっ」

少ない性知識で房事を無駄に想像し、そのエグさに泣きそうになった。

「マギア、やめないか」

その時。

テオドアが魔導士と充希の間に、庇《かば》うようにして立った。そして無体を言う男を、威厳すらある声で制したのだ。

(これって、ぼくを守ってくれてる、……んだよね)

ドキドキした。

こんなふうに誰かに庇われたことなどなかった。

「彼はまだ、夜伽の知識がないようだ。むやみに怖がらせるな」

「申し訳ございません。お許しを」

「私にではなく、充希に謝れ」

いきなり話を振られて、いや違うと眉をひそめた。

「あ、気にしていないんで、ぼくに話を振らないでください」

「しかし」

「いやいやいやいや。もう本当に、大丈夫だから」

必死に辞退したのは、関わり合いになりたくないからだ。やれやれと思いつつ、充希を庇うようにして目の前に立った大きな背中を見上げる。

(広い背中だなぁ。背も高いし、すごく頼りがいがある)

こんなふうに庇護《ひご》されるのは、初めてだと思った。しかし、それが間違いだと気づく。

自分はいつも誰かに庇ってもらっていた。

誰かに。……誰に？

（お父さん。お母さん。……おにいちゃん）

親が生きていた頃、いつも自分を大事にしてくれた人が、よみがえった。

父と母と、兄と充希の四人家族だった。

充希は末っ子だ。甘やかされた自覚はある。甘やかされたというより、親が子育てに慣れて、放任したと言ったほうが正しい。

だから自分は、のびのび育った。でも兄は長男だし、両親にとっては初めての子供ということで、厳しく躾《しつ》けられたらしい。

弟だけが甘やかされていた。兄としては、心中では納得いかなかっただろう。確かに不公平だし、なぜ自分ばかり厳しくされるのだと思ったはずだ。

それでも、何かあると守ってくれたのも兄だ。

学校で苛めっ子がいれば、通学の時はそばにいてくれたし、昼休みにわざわざ様子を見に来てくれた。

そうすると、クラスメイトたちからの苛めが減った。

兄は勉強やクラブ活動で目立つ生徒だった。そんなヒーロー的な上級生が兄貴だとわかり、ちょっかいを出されなくなった。

小学生だった充希は、それが嬉《うれ》しかった。

頼りがいがある、苛めっ子たちを退散させる力を持った兄。

その兄と同じ力を持っているテオドア。その背中が、すごく頼りがいがあったのだ。庇ってくれた気持ちが、逞しい背中から伝わってくるみたいだ。

おにいちゃん。


「――充希？」

驚いた声がして、両頬を大きな掌《てのひら》に覆われた。

「え？」

「きみは、どうして泣いているんだ」

□□□

泣いていると指摘されて、ようやく気づく。どうして自分の頬に、テオドアの手が添えられているのかを。

彼は、涙を拭ってくれたのだ。

恥ずかしくて慌てて、手の甲で顔を擦った。

「充希、何が悲しいのか言葉にしてくれないと、わからない。そんなに私が嫌か」

「え？」

いきなりの言葉に呆然としていると、彼は形のいい眉をひそめる。

「昼は幼児、夜は大人。確かに得体が知れないし、気持ちが悪いだろう。すまない」

「そ、そうじゃない」

テオドアに、そんなことを言わせたくない。驚きの体質だと思うが、それは嫌悪される事柄じゃない。ちょっと特徴があるだけじゃないか。

くしゃみが出やすいとか、頭が痛くなると布団に丸まるとか、それらと同じだ。

いや、ちょっと違うか。

でも、充希にとってみれば同じだ。

「テオドア、は、気持ち悪くなんかない。すごくカッコいいよ」

思わず本音を口走ってしまった。男同士で容姿を褒めるって、変な気がする。

「本当に私が嫌で、泣いていたのではないか」

「違う。本当に違うよ」

「では何が悲しかったんだ」

直球でこられて、言葉に詰まる。

ずいぶん前に亡くなった兄を思い出し、涙が出たとは言いづらい。

家族を失ったのだ。悲しくて当然だと思う。でも、心のどこかで、弱さを人前で出すことは恥ずかしいと思い込んでもいた。

悲しみの尺度はそれぞれ。大声を出して泣けるのは、幸福なのだろう。誰にも言えず、内に閉じこもっているばかり。こういう奴は、往々にしてこう評価される。それは『可愛げのない子』。

自分は素直じゃない。人前で泣けない。素直に感情を出せない。だから。だから、誰にも愛されない。

家族の葬儀の時、涙をこぼせなかった充希は、誰からも声をかけてもらえなかった。可愛げのない子だから、誰にも愛されないのだ。

「充希、急に黙り込んでどうした？」

ハッと気づくと、ありえない美しさのテオドアが、自分を見つめていた。

顔の輪郭が綺麗で、眉や目や鼻筋や唇、それぞれ形が端整で華やかだ。それに碧の瞳が宝石みたいで、吸い込まれそうだった。

「なんでもない」

狼狽する顔を見られた恥辱で、顔が赤くなる。

家族を思い出して泣くなんて、恥ずかしくて言えるわけがなかった。

「なんでもないことで、人間は泣かない」

まっすぐに視線を捉えられて、誤魔化すことができなくなった。

「どこかに痛みがあったり、嫌なことがあったり、理由がなくても苦しくなったり、つらかったり、侮辱されたり、心が折れそうになった時、人は泣く」

無言で綺麗な顔を見つめると、彼は優しい瞳になる。

「もちろん嬉しい時も泣く。でもそれは人生の中で、そうあることではない」

そうだな、と素直に思った。

嬉しくて泣いたことはないし、今の涙は彼が言ったどれにも該当しない。けれど、家族を想い苦しくなっての涙だから、まぁまぁ当たっている。

……まぁまぁ、じゃない。図星だ。

美しい碧い眼差しを見ていると、これ以上の意地を張るのがバカらしい。

「昔に死んじゃった家族のことを急に思い出して、涙が出ちゃっただけで……」

隠すのも変だから、言ってしまった。もう昔の話だ。

「家族が亡くなったから、施設に預けられたと言っていたな」

小さいテオドアに話したことを、大きくなっても覚えていた。そんなことが、なんだかすごく素直に嬉しかった。

「うん」

「大切な人が死んでしまうのは、とても悲しいことだ」

「……うん」

今さら悲しんでも仕方がない。

どんなに嘆いても、死んだ人は還らない。

でも思い出してしまう。

そのとたん、胸の奥に水が流れ込んだみたいに、冷たくなって氷になり、あとは砕けて飛び散るだけ。

充希にとっての家族の思い出は、悲しみに上書きされてしまった。

「悲しいので家族のこと、普段はわざと忘れてた。覚えていても、苦しいだけだし」

その言葉をどう受け取ったのか。テオドアは少し考えてから、静かな声で言う。

「苦しいことだが嘆いているばかりでは、物事は解決しない。忘れるのは、悪いことではないだろう。家族に愛されたことが、心のどこかに残っていればいい」

忘れるのは悪いことではないと言われ、ちょっと驚いた。

親と兄を忘れるなんて、人でなしなのかと思っていたからだ。

「……忘れてもいい、の？」

「慟哭《どうこく》から目を逸《そ》らして、前に進む。それは亡き人を蔑ろにしているのとは、まったくの別物だ。人間は、生きて前に進まなければならないからな」

意識して家族のことを忘れていたから、何かの拍子で思い出すと苦しくなった。

でもそれは、前に進むために必要なことだった。

「心の底から愛しているのだ。だから悲しむだけ悲しんだら、次は別なことをしたほうがいいだろう。たとえば」

「たとえば?」

素直な気持ちで問いかけた。その反面、意地の悪い気持ちになる。

ちょっとやそっとのネタで、元気になると思ったら大間違いだ。

(同情してくれるんだろうけど、生半可な同情は、いらない。――いらないよ)

嘯《うそぶ》きながら、目の奥が熱くなってきた。だけど、なんとかやり過ごす。

今まで数々の差別やら侮蔑やら、辛酸を舐めてきた。もちろん同情されることもあったけれど、相手の表情に不思議な優越感が見えることがあった。

(親がいない子だもの。哀れよね)

(気の毒な子に優しくできる私って、慈悲深いわ)

(かわいそうな子。かわいそう)

別に悪気などない。それは、わかっている。本音と建前が存在することも承知だ。だけど親切の押し売りという言葉もあって、それがつらい。

いや、惨めだった。

この男は、どんな偽善と美辞麗句を宣《のたま》うのかな。

そんな意地の悪い気持ちになったとしても、誰が責められるだろうか。

自虐的な気持ちから、先を促すように顔を見上げる。すると。

「たとえば夜伽だ」

「は？」

放たれたのは、まさかの言葉だった。

「夜伽⁉」

「うむ」

この流れから、いきなり夜伽。絵本の読み聞かせではない、濃厚な夜のアレだ。ズゴーッと倒れ込みそうになった。なんと欲望に忠実なんだろう。こんなにも欲望がブレない人は、見たことがない。

さっき覚えた感動と、涙を返してくれと叫びそうになる。

「何度でも言うけど、ぼくが夜伽の約束したのは三歳児のテオドア。あの子に絵本の読み聞かせをするために、夜伽をオッケーした。大人のテオドアは別」

青年のテオドアが本当の姿だから、嘘はついていないが、納得できない。

(だって、あのお人形みたいな小さいテオドアには、平伏しちゃうでしょ)

大きな瞳に長い睫毛。ちっちゃなお手々。桜色のほっぺに金色の髪。

(それが二十年ぐらいで、こんな細マッチョになるって詐欺だ。夢が破れちゃったよ。ていうかぼく、どんな夢を抱いていたんだよ)

状況から見て、あの子だって純粋無垢《むく》な天使でもないだろう。

(でも可愛いから、騙《だま》されちゃうんだよねー)

むしろ、騙されたい。なんでも言うことを聞いてあげたい。恐ろしい魔力だ。

会話に割り込んできたのは、そばに立っていたのに、ぜんぜんテオドアのフォローなどしていなかった魔導士マギアだ。

「我が君」

彼は表情こそ変わらないが、苦々しいといった雰囲気を醸し出している。

「マギア、今いいところだ。邪魔をするな」

「お楽しみのところ、申し訳ございません」

「いいところとか、お楽しみとかって、なんなの?」

セクハラすれすれの会話に、充希がブチ切れそうになった。

だが、堂々と言ってのけるテオドアの、雄々しいというか恥知らずというか。それを目の当たりにしてクラクラする。

「無礼は承知しております。ですが我が君、夜も更けてまいりました。そろそろお戻りになりませんと」

何やらシリアスなムードが漂っている。いづらい。ていうか、ぼくを元の世界に返してくれと叫びそうになる。

別に元の世界は天国じゃない。むしろ、無限地獄に近い。それでも、こんなわけのわからない連中と一緒にいるより、マシだと思う。

「大変だ」

急に緊迫した声がしたと思ったら、テオドアが立ち上がった。

「夜《よ》が明ける」

え？　と思って充希が窓を見た。遠くに広がる森の向こうは漆黒の闇だ。だが、空に浮かぶ月が、青銅色をしている。

地表はまだ暗いが、上層の大気に差す太陽光が散乱し、蒼い光が通るのだ。言われてみれば、確かに夜明けの予兆だ。

「そんなに時間が過ぎていたんだ。しゃべっていたから、気づかなかった」

のんびり感想を漏らす充希とは対照的に、テオドアは青ざめている。

彼を見ると、真っ青な顔で窓を凝視していた。

「しまった。まさか、こんなに時間が経《た》っていたとは……っ」

もうすぐ、地平線から太陽が見えてくる。

「充希」

彼に手を握りしめられて、ドキッとする。なぜか小さいテオドアの、むちむちした手を思い出したからだ。

「私は今夜、必ずまたここへ来る。どうか待っていてほしい」

熱く甘ったるい声に囁かれ、腰が抜けそうになる。こんなエロい声、反則だ。っていうか、夜に来るのが確定なのか？

彼は握った手の甲にキスをすると、真摯な顔をした。

「遊びではないと、このくちづけに誓おう」

その言葉に呆然として、次の瞬間にものすごい勢いで言い返す。

「えー、なんだそれ！　男にキスされて、何が楽しいの！　だいたい台詞としてはカッコいいけど、何が言いたいのか理解不能だよ！」

場を弁《わきま》えず言いたい放題に騒ぐ充希を構うことなく、彼は着ていたローブを翻す。宝塚歌劇団の男役みたいだ。

「テオドアさま、お早く」

急《せ》かす魔導士が促し、共に部屋を出ようと扉を開けた、その瞬間。見上げるほどあるテオドアの上背が、みるみる小さくなっていく。

朝日が一筋の光となって室内に差し込むと、充希は思わず瞼を閉じた。

すぐに怖々と目を開く。すると真正面の床に転がっていたのは、くしゃくしゃのローブに包まれた、ふわふわの幼子。

「え。……ええええええええ」

それは成人のグラフトン公テオドア・オーガスタ・フィッツロイではない。
指をしゃぶりながら寝入っている小さいテオドアの、いとけない姿だった。

4

結局。小さいテオドアはナニーに抱っこされて、部屋へと連れていかれた。もちろん、テオドアにベタベタの魔導士も一緒だった。

「我が君、もうオネムでしたか。行き届かず、申し訳ありませんでした」

甘ったるい声で囁きながら、金色とピンクで飾りつけられたベビー用の寝台に幼児を寝かしつけている。ナニーは仕事を取り上げられて、ぼっち状態だ。

なんとなく様子を見守っていたが、魔導士は充希の顔を見ても、ふんという表情だ。心底、興味がないのだろう。完全無視されてしまう。

「……なんなの」

心身ともに疲れて自室に戻る。だが、事はそれだけですまなかった。

「おめでとうございます、充希さま!」

興奮した面持ちのメイド・アメリアと、深々と頭を下げる執事・マーレの二人だ。

寝不足の顔で遅い朝食を待っていたので、二人のテンションに眉根が寄る。

「お、おめでとうって、何が？」

「まぁ、なんて奥ゆかしい。照れていらっしゃるのですね」

「慎み深いお人柄こそが、ご寵愛《ちょうあい》を賜る秘訣でしょう」

（なにそれ。なにそれ。なにそれ。なにそれ）

祝福される意味がわからない。

ドキドキする充希に、アメリアは満面の笑みで答えた。

「朝食をお持ちしました。ケーキはシェフから、テオドアさまのご寵姫におなりあそばした充希さまへの、ささやかなお祝いでございます」

「ごちょう、き？」

初めて聞く言葉に首を傾げていると、マーレが深々と頭を垂れる。

「はい。愛妾《あいしょう》とも言われます」

解説されても、意味が不明だ。仕方なしに、例の辞書を引いてみる。

『ちょうき【寵姫】気に入りの侍女　または愛妾』

あいしょう。ちょうど出てきたので、文字を追う。すると。

『あいしょう【愛妾】気に入りの妾《めかけ》』

見た瞬間、パァンッと音を立てて、辞書を閉じた。

（またか。また、夜のネタか。ここんち、どうなってるの）

今さらかもしれないが、衝撃的な内容だ。既成事実はないが、使用人たちは充希に主の手がついたと思っているのだ。

普通の男子高校生が、妾になったと思われている。突っ伏して泣きたい。どうやっても、夜伽方面から逃げられない。

この流れに充希は頭を抱えたくなった。

(男同士で寵姫もへったくれもあるか)

実にもっともな意見である。しかし、執事は違ったようだ。

「テオドアさまが、とうとう寵姫をお迎えになったのです。なんておめでたいことでしょう」

感激して目を潤ませている二人を見て、ぼんやり思う。

(家臣にそこまで心配されるのって、テオドア、どうなってるの)

成人男子に愛妾ができたの、できないのって。それは心配されることなの?

いや、昔の日本でも大奥では正室の他に、側室とか奥女中とか、とにかくゴッチャリ手配していたんだっけ。

日本史も疎い充希が、大奥のことを考えていると、その沈黙をどう思ったのか、マーレが先回りしてくる。

「主人は最愛の存在、アンジュさまを喪《うしな》った傷が、未《いま》だ癒えておりません」

「え？　アンジュさんって？」

「アンジュさまは、主人にとって最愛のお相手でした」

とたんに胸が締めつけられた。

いきなり出てきた、女性らしき名前だ。テオドアにとって、最愛の相手。

いや。大切な人がいたって、おかしくない。むしろ当たり前だろう。

グラフトン公爵で、本人も眉目秀麗だ。でも喪ったって、それって。

「……アンジュさんは、死んじゃったってこと？」

「左様でございます」

ぎゅうぎゅうに締めつけられた胸は、次に苦しくなる。

（好きな人が、死んじゃった）

自分が両親と兄を亡くしたことを、テオドアに吐露している。大きいテオドアの反応はともかく、小さいテオドアは泣いてくれた。

愛する人たちを喪った充希を、痛ましく思ってくれたのだ。

あの時の涙は、嘘じゃない。社交辞令で哀れんだのでもない。ただ純粋に、一緒に悲しんでくれたのだ。

あんな反応をされたのは、生まれて初めてだったから戸惑った。

だけど、ちょっと、いやかなり、――――すごく嬉しかった。

黙り込んでしまった充希を、どう思ったのか。マーレは静かに話を続ける。

「幼い頃からずっと世界で一番、大切な存在。そう公言なさっていました」

「そうなんだ……」

涙腺が崩壊しそうになった。自分の過去がオーバーラップするからだ。

大切な存在を喪ったから、彼の痛みが自分のことのように身に迫る。

「ですが、本当にようございました」

その声に顔を上げると、マーレとアメリアが嬉しそうな表情を浮かべていた。

「何が、そんなに喜ばしいの？」

仕えている主人に妾ができたくらいで、嬉しいものだろうか。

「ご主人さまはお立場ゆえに、お一人でいつも淋しい思いをされています。ですが、高潔でいらっしゃるので、愛妾も敬遠されていました。唯一、心を許せる相手が、アンジュさまだったんです」

気の毒になってくる。でも、わりと簡単に夜伽とか言ってなかった？

充希が首を傾げていると、マーレはそっと言った。

「わたくしも主人の対応に驚いておりました。充希さまには、本当に楽しそうにお話しになる。あんなに楽しそうなお姿は、久々でございました」

「はぁ」

何とぞ主人を、よろしくお願いいたしますと頭を下げられてしまった。この奇妙な反応と、もやもやする自分の気持ち。

「なーんか、すっきりしない」

そう呟いて、淹れてもらったお茶を飲み、驚いた。

香りといい味といい、ものすごくおいしい。昨日のお茶もおいしいと感じたが、充希が飲んだことがあるものとは、格段にレベルが違った。

シェフからのお祝いとやらのケーキも、初めての美味だ。

「おいしい」

思わず呟くと、給仕をしていたアメリアが嬉しそうに微笑んだ。

「シェフに伝えます。充希さまにお褒めの言葉を賜ったと聞いたら、感激して午後の仕事が手につかなくなるかもしれませんわね」

「いえ、そんな大事になるなら伝えなくていいです」

その時、トントンとノックの音がして、アメリアとは別のメイドが現れた。

「失礼いたします。テオドアさまを、ご案内いたしました」

見ると、小さいテオドアが後ろからこっちを覗いている。今日は水色のニッカポッカに、蝶《ちょう》ネクタイ。おしゃまで可愛らしい。

「おはようございます、テオドアさま」

「うむ」

部屋の中にいたアメリアとマーレも頭を下げる。それに横柄に頷いてみせながら、こちらに向かってトテトテ歩いてきた。

「充希、あいたかったぁ」

まさかの急展開。どうしたことだ、この過剰サービス。

ミルクたっぷりの紅茶を出すアメリアに、小さいテオドアは言った。

「充希と、はなしが、ある。しばらく、だれもこないで」

その一言を聞くとマーレもアメリアもお辞儀だけをして、あっという間に部屋から消えてしまった。

(さすが、プロの執事とメイド……)

小さいテオドアというより、この家の主人に従っているのだ。

二人きりになると、小さいテオドアはアメリアが淹れてくれたミルク紅茶を、ぐぐぐぐっと飲み干し、ぷはーと一息。

(ビールを一気するリーマンか)

そうツッコミを入れそうになったが、小さい手でカップを支えて飲み干す姿はリーマンにも似ているが、尋常でなくプリティという奇妙さだった。

「ちゃて」

ミルクひげ顔で、さてと前置きをしつつ話を切り出された。

「充希、どうちて、わたちがこどもなのか、ちりたいか」

「どうして子供なのか……？」

「ちょうだ」

そうだと言われ、叫びそうになる。

（理由はどうでもいいので、ずっとその姿でいてくれる方法が知りたいです！）

しかし常軌を逸した咆哮《ほうこう》なので、すんでのところで押し止《とど》める。

（危ないところだった……）

小さいテオドアのプリティさは、めちゃくちゃ異常だ。

施設で小さい子供の世話に慣れている、そんな自分でも、吸い寄せられるみたいに見入ってしまう破壊力があった。

無言になった充希を怪しむでもなく、小さいテオドアは話を進めた。

「わたち、は、のろいを、かけられた」

幼児萌《も》えに悶絶《もんぜつ》しそうになりながらも、平常心を装い顔を上げる。

「そういえば呪いって言っていたけど、なんで呪われたの」

「ちょうだ。わたち、が、うまれて、ちゅぐ、かけられた」

要約すると、テオドアは生後すぐに呪詛《じゅそ》をかけられ、成長しても日が高いうちは、幼児のままとなってしまったのだ。

（大きいテオドアは、あんなにカッコいいのに昼は子供）

成人男子にとって、これ以上の地獄があるだろうか。

「ちょの、じゅそ、を、とくには、きよらかな、おとめと、ひゃくよ、ちゅごす」

その呪詛を解くためには、清らかな乙女と百夜を過ごす。

「ちょわ、を、ちかい、あい、を、たちかめあう、ならない」

永久《とわ》の愛を誓い、愛を確かめ合わなくてはならない。

聞いていると、頭が変になりそうだった。百夜を過ごすって、つまりアレだ。大人のプロレスですよ。プロレス。

「清らかな乙女って、まさか、ぼく？」

「ちょう、だ」

もっともらしい話だが、いろいろ齟齬《そご》が多い。

「そんな言い伝えがあるんだ」

「これ、は、マギアから、きかちゃ、れた」

マギアから聞かされた。またしても、コスプレ魔導士の名前が出てきた。

ていうか、魔導士は変だ。変すぎる。

「どうしてそんなに、マギアを妄信《もうしん》しているの？」

「もうちん？」

ハテナと小首を傾げられたが、小動物みたいな愛らしさだ。

「もうちんじゃなくて、妄信。むやみやたらに、信じること」

「マギア、は、ながねん、グラフトンを、ちゃちゃえ、て、くれてるんじゃっ」

マギアは、長年グラフトン公爵家を、支えてくれている。

やはりそれは、妄信というやつではないのだろうか。

「じゃっ、て威張らなくてもいいけど。解呪方法は、永久の愛を誓うとかベタなものだし」

いきなり幼児が黙ってしまった。なんだかモジモジしている。

「どうしたの、トイレ？」

「ちがう」

「は？」

「わたち、充希、と、あい、を、ちかう」

まさにズッコケだ。ここまで話を引っ張って、オチがそれか。

「解呪方法がわかったんだし、立場的にはテオドアのほうがマギアより上なのに。公爵さまなんだからさ」

「もちろん、じゃっ」

そう言うと彼は、不意を突かれたような顔をした。そのために充希が、召喚されたという。本当だとしたら、嫌な気持ちしかしない。

「でもさぁ、おかしいでしょう。ぼくと愛を、確かめ合う?」

「ちょう、だ。だから、ヨトギ、が、ひちゅよう、なのだ!」

必要なのだと強く言われたが、充希は片手を横に振りまくった。

「ムリムリムリムリ」

「むり、ぢゃないっ」

「だって男同士じゃんっ」

「おとこ、でも、だいぢょおぉぶ、じゃんっ!」

ぜんぜん大丈夫じゃないのに、小さいテオドアは無駄に保証する。それがいたずらに不安を煽ると、まったく理解していないのだ。

「男同士で百日も永久の愛を誓い合えるか!」

「できるもん!」

「できないもん!」

お互い声を張り上げているが、子供のケンカである。

(ちょっと、大人げなかった……)

ようやく我に返り、エヘンと咳《せき》ばらいをした。

「ともかくさ、ぼくは確かに清らかだけど、乙女っていうか女子じゃないしさ」

「じょし？」

「女の子じゃないってこと」

押してダメなら、引いてみろ。優しい声で懐柔するのだ。

「取りあえず、テオドアの彼女さんに頼むべきだよ」

「だって……」

「だってじゃなくて、そうしよう。大人の男の人には、彼女が一番らしいからさ」

男女交際の機微はよくわからないが、ノリで押し切った。

そうだ。公爵さまで長身で細マッチョ。しかも美形。こんな高スペックが、何が悲しくて男子高校生なんか狙うんだろう。

「でも、……だもん」

小さいテオドアは、どうもスッキリしない顔だ。

「今度はなんなの。何が『だもん』なの？」

「おんなの、ちと、ニガテ、……だもん」

予想外の言葉に沈黙し、すぐに快活に笑い飛ばした。

かわいい！　めっちゃ、かわいい！　なんか、キューーッとくる！

「大丈夫。誰も三歳児のきみに、男女交際しろなんて言わないよ。大きいテオドアがいるじゃん。彼に女性関係は任せよう。あの人、カッチョいいしさ」

清らかな乙女と過ごすのは、テオドア。充希は小さいテオドアと食事をしたり、絵本を読んだりして過ごす。

「いーじゃん、いーじゃん！　うまく役割分担ができたよ」

「でも……」

「大人の女の人が苦手なのは、しょうがないよ。心配しないで」

年上ぶって明るく笑ってやったが、まだまだ小さいテオドアは納得していなかった。しかしこの時の充希はなぜか、解決した気になってしまっていた。

あくまで気になった『だけ』であったのだが。

□□□

それから奇妙な日々が続いた。

『わたち、と、ごはんたべる』と宣言された通り、食事も一緒。

一緒に遊び、一緒に風呂に入って、昼寝の時は広い寝台でゴロゴロ一緒に眠る。充希の中で小さいテオドアと大きいテオドアは、もはや完全に別のものになっていた。

(幼児ってあったかいから、役得なんだよね)

季節は元いた世界と、同じらしい。春先とはいえ、まだ寒い。体温の高い子供とゴロゴロするのは、ありがたい。まるで湯たんぽを抱えて、ぬっくぬくしているみたいだった。

温《ぬく》もり以外にも、昼寝の楽しみがあった。それは。

「ぷー……、ぷぷぷぷ。ぷぅー……、ぷすぷすぷすぷぅー……」

小さいテオドアの、すやすや音だ。

子供の寝息を聞くのは、わりと楽しい。いや、すっごく好き。小さい手が自分にしがみついて、ぷくぷく寝ているのは、めちゃめちゃ可愛い。

施設でも子供とゴロ寝したけど、基本的に二段ベッドで、決められた寝床に寝る。こんなふうに無防備に抱きつかれるのは、あまりない経験だった。

「失礼いたします」

遠慮がちなノックのあと、ナニーが幼児を迎えに来る。もう夕方だ。

「お寛《くつろ》ぎのところ、申しわけございません」

まだ寝ぼけている幼児は部屋に運ばれ、夕飯まで、また眠る。寝すぎかと思ったが、幼児と猫は、寝るのが仕事らしい。

そして夜半。今度は大きいテオドアがやってくる。

「夜伽である」

開口一番は、なぜかいつも無意味に高圧的だった。

「伽だ。今夜こそ伽。絶対に伽」

「はいはい」

ものすごい使命感を抱きながら、伽と呻いている美青年。ちょっとしたホラーではないだろうか。少なくとも、公爵さまがやることではない。

「まぁ、今日も一日お疲れさま。温かいお茶をどうぞ」

「――――うむ」

でも、空いばりをする理由がなんとなく、わかってきた。

大貴族の彼は、とてつもない激務に疲れ果てた、気の毒な人なのだ。

貴族の仕事を大まかに言うと、領地の経営だと教えられた。

同じぐらい大切な、軍事訓練もある。賦役《ふえき》農民への指示や、治安の維持、収穫物の売買。広大な領地を任され、大勢の小作人を使い利益を上げる。

もちろん戦争が始まれば、自ら参戦するのが責務だ。その他にも天変地異などが起これば、真っ先に駆けつけるのも貴族の仕事。

その間にも、お茶会だ夜会だとイベントもある。王室から呼ばれたら、すぐさま駆けつけなくてはならない。

貴族なんて、ちゃらちゃらパーティをやっているだけの人種だと思っていた。だが、自分の考えの浅さに反省してしまった。

大きいテオドアが部屋を訪問する時は、ぐったりしている。魂が抜け切っていることも、めずらしくなかった。

昼間は幼児化して仕事ができない彼は、日没と同時に貴族としての仕事を始める。当然、時間は限られるので、高い処理能力と集中力が必要になる。

小さいテオドアが、たくさん昼寝するのも、このような理由からだった。

(いくら幼児でも、寝すぎじゃないのと思ったけど、理由があったんだ。なんか、可哀想になってきたなぁ)

使命感のように夜伽と言い続けているが、本人は疲れている。自覚できない疲れが、溜まっているのだろう。

充希はいつも、温かい紅茶やハーブティ、それにスパイスを入れて煮出したミルクティなども、アメリアに用意してもらった。

スパイスとお酒が入った、熱くて甘いお茶は身体が温まるし、神経も落ち着くと聞いたことがあったからだ。

「これは、うまいな」

テオドアのその言葉を聞けると、なんだかホッとする。今日も一日、お疲れさまという気持ちだった。

彼との不思議な時間は、夜が明けるまで。

日が昇ると、また幼児に戻るからだ。

すぅすぅ眠る小さいテオドアを、迎えに来たナニーに預ける。充希はそれから睡眠を取り、昼の幼児の再来訪を待つのだ。

寝不足になりそうだったが、慣れてくるとわりと楽しい。昼と夜のテオドアは違いすぎて、飽きないのだ。

この屋敷の使用人たちは、とても静かに動く。マーレとアメリア以外にも、たくさんいるのに、影のように密《ひそ》やかに動き、主人を陰から支えていた。

――いい領主であり、いい主人なんだろうなと、素直に思えた。

「テオドアは夕飯をあまり食べないね。あ、果物どう？　すぐ皮を剝《む》くよ」

籠《かご》に盛られた、色とりどりの林檎《りんご》やオレンジ。そう訊いてみると、彼はあまり乗り気ではなさそうだった。だが、充希の勢いに押されたのか、困惑顔で頷いた。

「朝の果物は金で、昼が銀。そんでもって夜が銅っていうけど、食べないよりいい」

幼い頃、母親から聞いた受け売りだ。林檎を手に取り、小さなナイフで皮を剝く。

「きみに切らせるなんて、マーレの怠慢だ」

「林檎の皮なんて、手間なんかじゃないよ。テオドアが食べるか食べないか、わからないからマーレも剝かなかったんだと思う。怠慢じゃない」

スイスイとナイフを使っていたが、ツルッと果実が落ちそうになった。それをキャッチしようとして、刃が皮膚の上をすべり赤い線が滲《にじ》む。

「あっ、あいたたた」

「何をしているんだ、まったく」

彼は文句を言いながらも白いハンカチを取り出し、止血してくれた。

「傷を舐めては駄目だ。口の中は雑菌だらけだから、感染する恐れがある。マーレに言って薬を持ってこさせよう」

「……ありがと」

現代ならば当然の常識だが、テオドアは当たり前のように口にした。

この異世界の衣服や暮らしぶりを見ていると、充希がいた世界よりも、前の時代に思える。それなのに、こんな知識があるなんて。

「手を切ったら、つい舐めちゃいそうなのに、テオドアはちゃんとしてるね」

褒めたつもりだったが、肩を竦められてしまった。

「戦争でも暴動でも伝染病でも、死なないためには、あらゆる知識がいる。貴族は特に戦場に赴くから、無知ではいられない。我々は優雅に暮らすばかりではないよ」

さらりと言われて、感心してしまった。

兵隊だけが必死で戦い、上官はお茶でも飲んでいるかと誤解していたが、大将がいない戦場はないと言われて、認識を改める。

神妙な顔をしていたらしく、ポンと肩を叩《たた》かれた。

「心配せずとも、今は戦もない」

ほどなくして現れたマーレが、消毒液で手当てをしてくれる。

「消毒液もあるんだ」

「はい。ご主人さまのお申しつけで、必ず用意してございます」

どこか誇らしげな様子だった。使用人たちにも消毒を徹底させているのだろう。

「すごいね。こんな夜遅くに、ありがとう」

「ご主人さまが起きておられるのに、使用人が休むわけには参りません」

忠実な執事はそう言って、部屋を出ていった。

「すごいなー。マーレの忠誠心。執事の鑑《かがみ》だね」

感嘆を言葉にすると、テオドアは頷いた。

「ええ、彼はまさに、執事になるために生まれたような稀有《けう》な存在だ」

「今度それを、マーレに言ってあげてよ」

その言葉を聞いて、彼はしばらく無言になってから呟いた。

「きみは、不思議な人だ」

着替えた彼は、重ねたクッションを背に、座り込んでいる。こんなにゆったりとした格好の彼は、血統書のついた猫みたいだった。

蜜蠟《みつろう》の甘い匂いと、紅茶の芳しい香り。心の底から寛いだ人の声。

「不思議じゃない。ぼくなんか、普通もいいとこだもん」

「不思議だ。私の周りに、きみのような人はいない」

テオドアに対して、いつの間にか敬語ではなくなっていた。つねにダラダラする間柄、通称ダラ友。そのために、いつしか友達みたいな会話になっていたのだ。

照明もランプだけ。誰も邪魔をしない、完璧な世界。

(でも、テオドアが結婚したら、こんな時間もなくなるんだよね)

ふと過ったのは、感慨に近い思いだ。

自分がここにいる不安や、元の世界に戻れるのかを考えると、怖くなる。

もう伽のことなんか、どうでもいい。この穏やかで優しい空気に、耽溺《たんでき》したい。

秘密基地に隠れているみたいな時間を、壊したくないと思ったのだ。

だが、毎夜毎夜、彼は部屋に来る。普通は友達と会ったり、それこそ彼女さんとデートとか、しないものだろうか。

なんとなく気になって、ポロッと言ってしまった。

「テオドアは、貴族で偉いしカッコいいのに、恋人とかいないの？」

ふと、口をついて出た言葉は、どうでもいい質問だった。答えは別に、いてもいなくてもいいからだ。

　むしろ大貴族の彼に、いないはずがないだろう。

「恋人？　そんな相手はいない」

　意外すぎる結果だったが、それを聞いた瞬間、ちょっと嬉しくなった。

（え？）

　その考えのおかしさに気づき、慌てて頭を振る。

（なんでぼく、喜んでいるんだ）

　大きいテオドアに決まった相手がいないからって、ウキウキするもんか？

　なんで自分は、こんな感情を抱いたのだろう。謎だ。謎すぎる。眉間に皺を寄せて、険しい顔になってしまった。だが。

「恋人はいないが、結ばれるべき相手はいる」

　次の一言を聞いて充希の顔はムンクの、有名な絵画のような顔になる。

「は？」

　両頰を手で押さえながら、叫ぶ寸前の表情になった。

（なんじゃあ、そりゃあ）

　怒鳴らなかったのが、奇跡だ。

「そんな相手がいるなら、なんでぼくに夜伽とか言ってんの？」

「……感情が伴わない相手だからだ」

意味がわからない。結ばれるべき相手はいる。でも感情が伴わない相手？　そして充希には夜伽だと言ってくる。

「やっぱ、意味がわかんない」

とうとう大声が出た。当然である。

「普通は結ばれる相手を、婚約者とか恋人って呼ぶんだよ」

「そういうものかもしれない。だが、私の心は納得していないんだ」

深刻そうに囁かれるが、ますます不可解だ。

「えーと。親御さんが決めた婚約者とか？」

「そうではない」

その一言を聞くと、彼はソファから立ち上がった。

「では、紹介してあげよう」

「何それ」

「ついておいで」

クローゼットからガウンを取り出すと、彼はそれを着るように言った。充希は言われるがまま、裾の長いそれを羽織る。

部屋を出ると、警護の黒スーツの男がいた。テオドアは彼に何か耳打ちすると、充希へと手を差しのべてくる。

「向かうのは三階だ」

お姫さまみたいにエスコートされて、どうにも気恥ずかしい。でもホールの中央に造られた大階段は、どう見ても足元が暗い。

しぶしぶ彼の手を取ると、テオドアは階段を上り始めてしまった。黒スーツの男は頭を下げて見送るだけで、ついてはこない。

三階まで上ると、奥の部屋の前に立った。ここにも黒スーツの男がいる。テオドアは、ここでも人払いをして部屋の扉をノックした。

返事はなかったが、彼は構わず扉を開けた。室内は真っ暗だった。

テオドアは慣れた様子で、ドアの近くの小机からマッチを手に取ると、ランプに火を点《つ》けた。すぐに部屋の様子が見えてくる。

小さなテーブルと、背もたれのついた椅子。どちらも瀟洒《しょうしゃ》な造りで、充希の生活とは無縁のものだ。卓の上には美しい薔薇の花が生けられている。

お人形やら、ぬいぐるみやらも飾りつけられていて、いかにも少女っぽい部屋。

「こちらだ。怖がらなくてもいい」

彼はそう言うと、入ってきたのとは別の扉の前に立つ。そして、またノックをしてから返答も聞かずに扉を開けた。

この部屋も真っ暗だったが、ランプのおかげで問題なく見える。

大きな寝台には、レースの天蓋がかかっている。ベッドカバーも白で、フリフリがいっぱいついている。

フリルだけでは飽き足らず、リボンで飾られていた。枕元にも花。小さなテーブルにも、あふれんばかりの花。

むっちゃ盛られた焼き菓子は、硝子のドームに入れられて、大きなテーブルに置かれている。食べてもらうのを待っているのだ。

お姫さまの部屋って、こういうものだろうか。何か違う気がする。

(どっか執念深い……)

執拗な装飾に、充希は思わず唸《うな》った。

施設でも学校でも、こんな大量のリボンとレースを見たことがない。女の子が好きそうなもので固められているが、不思議な違和感に気づく。

まるで舞台のセットだと思った。生活感がないからだ。

この中で暮らすのは、かなりストレスじゃないだろうか。

「あれ」

大きな肘かけ椅子には浴衣《ゆかた》を着た、おかっぱ髪の日本人形が座っていた。

整った顔立ち。桜色の頬。瞼は閉じている。凝った作りのお人形さんだ。年の頃は、十歳ぐらいから十三歳ぐらい。

「大きな人形ですねぇ」

ちょっと触ってみたくなるほど、精巧な人形だった。しかし次の瞬間、閉じられていた瞼が、ぱっちりと開いた。とたんに充希が絶叫する。

「うきゃあああああっ」

あまりに怖かったので、隣にいたテオドアにしがみついてしまった。

彼はまったく動じることなく、胸に飛び込んできた充希の背中を抱きしめる。

「大丈夫だ、落ち着け」

「だ、だ、だって、人形の瞼が、瞼が……っ」

震えて掠《かす》れた声で訴えると、テオドアは充希の髪にくちづけた。

「大丈夫。人形ではない。人間だ」

「へっ?」

彼の胸で震えながら顔を押しつけていたが、一気に現実に戻った。

「……にんげん?」

怖々と顔を上げると、椅子に腰をかけていた日本人形は、はっきりとした口調で一言ずつ区切るように、しゃべり始めた。

「テオドアさま、ごきげんよう」

人形はそう言って、ぱちぱちと瞬きを繰り返す。彼は少女を充希に紹介するために、片手を差しのべた。

「紹介しよう。私の結ばれるべき相手が、彼女だ。詩乃《しの》姫という」

ものすごく大雑把な紹介を受けて、日本人形が充希を見た。

「初めまして。十六夜詩乃と申します」

まだ幼い少女なのに彼女ははっきりと、そう名乗った。

5

「いざよい？」

あまり聞かない苗字を名乗られて、キョトンとした。それをどう思ったのか、少女は丁寧に説明してくれる。

「はい。漢数字の十六に夜と書いて、十六夜です。変わった苗字でしょう」

テキパキとクールに答えられた。詩乃は日本人形ではなく、普通の人間だったようだ。

自分の反応が恥ずかしい。

「……どうして灯《あか》りもつけずに、真っ暗なところにいたんですか」

「月の満ち欠けを見ていました」

「月？」

「ええ。月は毎日、違った形をしています。東から出て南の空を通り、西へと沈む」

神秘的な表情をした少女は、昏《くら》い空を指で差した。

「新月から三日月、半月、満月、そしてまた半月、三日月、そして新月。わたくしがこの世界に来たときは満月だったので、もしかしたら何か手がかりがあるかと思って……」

少女も自分と同じように、異世界へ意に沿わぬ召喚をされたのだと察した。

（うわー、話をしたい。彼女のほうが異世界の先輩だろうから、いろいろな傾向と対策を教えてほしい。でも、テオドアの前で話したら駄目だよね）

これ以上の会話を続けていると、自分たちが脱走を企《たくら》んでいるとバレる。そう思った充希は、無理やりに話題を変え、明るい声を出した。

「あ、あの、ぼくも十六夜なんだ。十六夜充希っていいます」

そう告げると、彼女は微妙な顔をした。

「わたくし、自分の家族以外で十六夜って、初めて聞きました」

「うん。ぼくも初めて。めずらしいもんね。あ、同じ苗字で呼ぶと、こんがらがるね。詩乃ちゃんって、呼んでもいい？」

「もちろんです。では、わたくしは充希さんってお呼びしてもいいですか」

「可愛い女の子に名前を呼ばれるなんて照れちゃうけど、よろしく。あの、どうして姫って呼ばれているの？　どこかのお姫さまとかなの？」

「とんでもないことです。テオドアさまは、なぜかずっと、わたくしを姫とお呼びになっているんですよ。恥ずかしいからやめてと言っているのですが」

チラと見ると、当の本人は憮然《ぶぜん》としている。

「呼び捨てはできないから、姫と呼んでいるだけだ」

無駄な気の遣い方に、詩乃と顔を見合わせて、苦笑が洩《も》れる。

だが微笑みを浮かべつつも、彼女の目は鋭かった。

「十六夜って、新月から十六日目の月のことですね。今さらだけど、変な苗字……」

そう言うと詩乃は眉間に皺を寄せる。せっかくの美少女が台無しだ。

「充希さん、ご出身は？」

「ずっと東京だよ」

「東京の、どちらですか」

「今は施設にいるけど、生まれたのは本郷《ほんごう》三丁目」

「わたくしも本郷三丁目です」

「えぇ？　それって、すごい偶然……」

めずらしい苗字が同じで、家も近い。それなのに、お互い初対面。

そして、こんなわけのわからない世界で会う偶然。

(これって、どういうことだろう)

疑問を押し隠しつつ、充希は明るく振る舞って、無邪気に質問を続ける。

「ていうか、どうして詩乃ちゃんは、ここにいるの？　ぼくは小さいテオドアと一緒にいたら、魔導士って奴が出てきてね」

「小さいテオドア？」

「そう、小さいテオドア。三歳の外国人の子供。ぼくが勝手に呼んでるんだ。大きいテオドアと、区別するために」

後ろに立っている男の顔を見て、肩を竦めた。

「ちなみに、大きいテオドアは、この人。で、小さいテオドアと公園にいたんだけど、なんか魔導士とかいう奴が現れて、池に突き落とされてさぁ」

取りあえず、脈絡もなく状況を話した。すると、詩乃は驚いた顔をしている。

「どうしたの？　真っ青だ」

「わたくしは……」

「え？」

「わたくしは急に現れた黒い眼鏡《めがね》の男たちに、囲まれたんです」

喉に何か詰まっているような、そんな苦しそうな声で、詩乃は囁いた。

「黒ずくめの、長い髪の男が現れて、あなたさまは我が君の花嫁ですと言って、池に突き落とされました。目が覚めたら、ここにいて……」

「同じだ」

あの魔導士は、同じ手口で自分たちを誘拐したのだ。こんな小さな女の子まで、ひどい目に遭わせるなんて許せないと思った。

「詩乃ちゃんってさぁ、いくつ？」

「十一月生まれなので、数えで十三歳になりました」

（数え年って、……今どき言わないよねぇ）

零歳という概念ではなく、生まれてすぐに一歳と数える。それならば詩乃は現代で言うと、十一歳ということだ。

どうりで身長も低いし身体つきも子供っぽい。

それにしても、奇妙に世界が歪《ゆが》んでいる。ここは、いったいどこなのだ。

「詩乃ちゃんは本郷三丁目に住んでいる。でもぼくが住んでいた頃、ご近所さんに十六夜って苗字の人、いなかったなぁ」

「ええ。ご近所に十六夜さんは、いなかったと思います。親類もいなかったし……」

今どきのマンション世帯とは違う、一軒家や長屋があった時代ならではの密接度。

人口密度が高い東京であっても、近所に住む人々の情報が耳に入る。名前や家族構成、その家の住人たちの情報。

めずらしい苗字なら、なおのこと。

「詩乃ちゃん十三歳なら、ぼくと小学校時代かぶるよね」

「わたくしは本郷尋常小学校でした」

「……はい？」

今、ものすごく違和感のある言葉が、聞こえなかったか。尋常小学校？

確か尋常小学校の跡地に母校が建てられたと聞いて育ったけれど、それ以外では、まったく馴染みのない学校名。

(でも尋常小学校って、戦前に国民学校になったんだよね。戦後は小学校と中学校になって今に至るって、授業で聞いたよなぁ)

嫌なピースが、かちかち嵌《はま》っていく。ものすごく変な答えがはじき出される。

とつぜん現れた美少女。大人びた受け答え。数えで十三歳。尋常小学校。

(これってさぁ。これって、これって、これって、これって……っ)

「詩乃ちゃん、今って令和だよね」

「れいわ？　なんでしょうか、それ」

「えええええ。あの、あのさ、和暦だと、今は何年？」

「和暦？　いきなりどうしたんですか。今は明治——年ですよ」

サクッと言われ、血の気が引いた。

「明治……、明治？　大正とか昭和とか平成とか、一気に飛ばしちゃって、なんで明治？

あの、じゃあ、明治天皇の名前を言える？」

「陛下のお名前なんて、恐れ多いことですわ。それに明治天皇なんて言い方をしてはいけません。今上《きんじょう》天皇、陛下とお呼びしなくては」

「え？　あ、そうか」

元号に天皇をつける呼び方は、今上帝が崩御されたら使用する。

「明治天皇って呼び方は、亡くなった天皇に言うべきことだもんね。ていうか明治の天皇って、いま生きているの？」

何気なく訊いたつもりだったが、詩乃はビックリした顔で慌てて言った。

「不敬なことを言ってはいけません。邏卒《らそつ》に聞かれたら、どんな目に遭うか……っ」

らそつ。らそつ、ってナニ。

「誰が聞いているか、何が理由で投獄されるか、わからないんですから気をつけてくださいね。陛下はもちろんお元気です」

「うっそー……」

十六夜詩乃は、明治の人間なのか。では、自分がいるのは明治？

「でもこの家は西洋式だし、明治って袴《はかま》とか着物の世界なんだよね」

テオドアの屋敷は、建物は古いが設備はそんなに昔という感じはしない。では、自分はどこにいるのだ。そして、詩乃はどこから来たのか。

「充希さん、どうしたんですか。お顔が真っ青ですよ」

「いや、なんかもう……。いっぱい、いっぱいで……」

じわじわ汗が出る。だって明治時代から来た、本郷三丁目に住んでいた十六夜さんて、つまり要するに。十六夜詩乃さんは自分の。

「詩乃ちゃんは、ぼくのご先祖さま……、になるの、か、な……」

ものすごく言いにくいので、スタッカートで発音してみた。もちろん意味はない。

「えぇっ？」

荒唐無稽すぎる話に、大きな目が見開かれた。そりゃそうだ。

「明治の人なら、ひいひいおばあちゃん……、ってことじゃないかな」

「玄孫《やしやご》⁉」

「はぁ。ぼくらは、百歳ぐらい年齢差があると思う」

「ひゃ、ひゃくさい……」

「女の子に年の話なんかして、本当にごめん」

現代の中高生なら異世界ネタは、小説やアニメでわりと馴染みがある。だが詩乃は、バリバリの明治ギャルだ。頭が追いつかなくても当然だろう。

彼女は無言だったが、落ち着きを取り戻したらしい。仕方がないという顔になる。

この屋敷にずっといて、違和感がハンパなかったからだろう。腑《ふ》に落ちた顔になった彼女は、ようやくウンと頷いた。

「事実なら受け入れるしかありません。充希さんは、わたくしの玄孫なんですね」

明治の女は肝が据わっている。

その会話を聞いて、ずっと黙っていたテオドアが、呻き声を上げる。

「すまない……っ」

いきなり偉い人に謝罪されて、詩乃と二人で言葉を失った。彼の顔は苦痛を耐えるような表情をしていた。

「テオドア、何を謝ってんの」

詩乃は何も言わず、ただ彼の顔を凝視していた。

「詩乃姫、そして充希も、魔導士がこの世界に召喚した」

今さらの事実に、充希も詩乃も所在なげに頷く。

「きみたちを召喚したのは、マギアだ」

「うん、もうわかったけど、なんで？　なんでマギアは、ぼくらを召喚したの」

するっと出てきたのは、ごく当然の疑問だった。

「ぼくらはなぜ、こっちに飛ばされたの。しかも明治時代と令和から」

「呪いでは、私が詩乃姫を娶らねば、公爵家が朽ちると言われたのだ」

トンデモ呪詛よ、ふたたびか。

行き当たりばったり感が強い呪いに、もう泣きたくなっていくる。

「それは大変なことだけど、そもそも、なんでぼくらに白羽の矢が刺さったんだろう」

テオドアはしばらく無言だった。だが大きな溜息をつくと、観念したようにポツリポツリと話をし始めた。

「詩乃姫。あなたは二十歳になると、幼馴染みの青年と結婚する」

「あら」

「彼に婿養子に来てもらって、一男をもうける。その子の名は龍之介《りゅうのすけ》。そして朝子《あさこ》という名の妻を娶り、生まれた子供が真治《しんじ》です」

「あらあらあらー」

気の抜けた声が、詩乃から洩れる。確かに赤の他人から自分の未来を知らされても、ピンとこないだろう。

「充希、きみは自分の両親の名前を知っているだろう？」

「そりゃ、親の名前ぐらい知っているよ。施設でも記録されているもん」

「では十六夜家の祖父と祖母の名前は？」

「え？　えーと、確か真治さんと惟子《ゆいこ》さん、だったかな」

そう言って、あれ？　と思った。真治って名前、出ていたよね。

「でも、ぼくが生まれる前に祖父母は亡くなったから、正直よく覚えてない」

「なるほど。では、その上の曾祖父と曾祖母の名前はわかるか」

「曾おじいちゃんとか、そんなのわかんないよ。……いや、墓碑で見たな。ええと」

そんなの知るかと言い返しそうになって、小さい頃、両親と兄、そして充希の四人で、

たのだ。

墓参りに行ったことを思い出す。

墓石には墓碑があり、そこに祖父母と曾祖父母の戒名と俗名が彫られていた。しかし曾祖父母なんて顔も知らないし、会ったこともない。でも自分のルーツだから、必死で覚えたのだ。

「曾おじいちゃんは、確か龍之介だ。芥川《あくたがわ》龍之介と同じだったから、覚えてる。曾祖母は、朝子さんだったかな」

「では、高祖父母のお名前は？」

「高祖父母って、ハードルが高すぎる」

ご先祖の名前をいちいち覚えている人って、いるんだろうか。それとも自分は家族縁が薄かったから、ご先祖不孝者なのか。

とうとう頭を抱えた。高祖父母となると、ご先祖さまでもおかしくない。実際に三十三回忌を過ぎると個人名ではなく、先祖霊として一霊と考えるのだ。

「さすがに、もう憶えてないなぁ。難しい漢字だったから、読めなくてさ。高祖母はね、えぇとね。可愛い名前だったから、二度見したんだ。えーとね」

そうだ。明治生まれの人なのに、可愛らしい名前だった。だから二回も見た。

あれは確か――――。

「なんて名前だったかな。子って字が、つかない名前で」

「詩編の詩に、乃木坂《のぎざか》の乃」

さらりと言われて、そうだと思い出す。

「そうそう！　ポエムの詩に乃木坂駅の乃！　……あり？」

それって、今まさにそこにいる人の名前ではないか。

「詩……、乃ちゃ、ん」

「そう、詩乃です。そして読めなかった漢字は、こういう字じゃありませんか」

指先でスイスイ空中に書いてくれるが、やっぱり複雑な字だった。二回も書いてもらって、ようやく読めたのは「馨《かおる》」だ。

「あ、そうそう。昔の人の名前は難しいよね。習字の時間にヒステリー起こしそう」

そう言うと詩乃は笑った。

顔も見たことがない曾祖父母や高祖父母は、親戚なのに遠い存在だ。

しかし美少女は覚悟を決めたように、充希を見つめた。

「あなたは本当に、わたくしの玄孫ということになるようですね」

悲鳴を上げなかったのが不思議だった。

目の前にいる少女が、自分の高祖母。明治の人。

「なんで、ひいひいおばあちゃんが、ここにいるの？」

しかもアイドルみたいに可愛い、少女の姿でいる。ありえない。

思わずテオドアを睨んだ。

「姫を誘拐するつもりはなかった。だが、マギアが召喚してしまったんだ」

マギア。彼の名前が出ただけで、充希は眉間に皺が寄った。

「そんな顔をしないでくれ。彼が当家に現れて助言をしてくれたから、難病だった先々代の公爵は命を救われたし、子宝にも恵まれた」

「でも……」

「そればかりか、先代の公爵が戦地に赴いた時、大怪我を負った。命も危ぶまれたのに、マギアが命を救ってくれたんだ」

彼に対し絶対的な信頼を置くテオドアと、怪しさしか感じない充希には、大きな隔たりがある。それも当然だろう。

（なんか、そういう変な坊主が王朝に食い込んで出世したけど結局没落して、変な人に殺されたとかの話なかったっけ？」

帝政ロシア末期の皇后に寵愛された、怪僧ラスプーチンが脳裡を過ぎった。

あれは確か難病の皇太子を助けたことで皇后に信頼され、それをいいことに増長を続けて疎まれて、最後は暗殺されたんだ。施設の子に借りた歴史マンガがよみがえる。

マギアもラスプーチンと同種類の、怪人なのか。

「なんで押し切られるの。テオドアは公爵さまでしょう。その若さで公爵なんて、レジェンドじゃん。もっと強く出なよ」

　そうまくし立てると、彼は悲しそうな瞳になった。

「マギアは私が生まれる前から、グラフトン公爵家を支え、繁栄させてきた。彼は当家にとって、かけがえのない人物だ」

「でもさ、支配力が強すぎるよ。テオドアに自由がないじゃん」

「私が生まれたばかりの頃、高熱を出して死にかけた。医師にも匙《さじ》を投げられた。だが、その時もマギアが救ってくれた。命の恩人だ。私は彼に逆らえない」

　どちらが主人かわからない台詞だった。いくら彼の助言から様々な守護をされてきたとしても、本末転倒である。

「でもさ放置したら、魔導士のやりたい放題じゃん。テオドアのほうが偉いのに」

「私は偉くなどない」

「十分、偉いよ。公爵さまだもん。未来を決める影響力が、あるってことでしょう」

　マギアにいいようにされているのが、ものすごく歯がゆい。テオドアは、ちゃんとした公爵さまで、いい領主なんだろう。この家の使用人を見ていて、そう思う。

「もしかして、テオドアっていうか、グラフトン公って、この世界の王さまなの？」

「まさか。王室は存在する。グラフトン公爵家は、ただの貴族だ」

「でも、どうしてテオドアが世界の不幸を一身に背負わなきゃならないの」

「……それは」

「なんでイチ貴族が、独りで頑張ってんの。初期設定、おかしくない？」

「それは私が呪われたからだ。たとえ理不尽であっても、マギアの言うことに間違いはないし、未来を違《たが》えることもできない。未来は、変えられないんだ」

今まで何度も救われた過去があるのだ。誰もが臆病になってしまうだろう。テオドアも同じだ。領主として認められているのに、心の奥で不安になっている。

その諸悪の根源は、マギアだ。

奴はテオドアに自分が絶対だと、刷り込んだのだ。

「私は私の事情で、誰とも添い遂げられない」

「えー……」

「だが公爵家のためには、姫と結ばれなければならない」

そう言われて、反論できなかった。ドン引きするような理由だ。いくらお貴族さままでも、そんな人生の決め方あるの？

「マギアは結ばれるべき姫が、泉から現れると言った。そして止める理由も思いつかないまま、詩乃姫が召喚されてしまったのだ」

テオドアが生後すぐにかけられたという、おかしな呪い。

二十代になっても、昼間は幼児の姿のまま。それゆえに、誰とも恋愛できないのに、子をもうけないと公爵家が滅びるので、異世界の少女と結ばれろという呪縛だ。

「そんな、むちゃくちゃな……」

充希が呆れた声を出したが、テオドアは大真面目である。それも当然だろう。

こんな悪夢はない。呪われていると知った時の絶望は、想像を絶するものだろう。

「清らかな乙女と百夜を過ごし、永久の愛を誓い気持ちを確かめ合えば呪は解かれる」

そのためにマギアに選ばれた詩乃が、召喚された。彼女の未来は奪われたも同然だ。

「清らかな乙女っていうのは、わからなくもない。だけど、あのー、なんでぼくも、そこに組み込まれているんでしょう」

思わず改まって訊いてみる。だって、意味がわかんないじゃん。

「詩乃はこの先、婚約者と結ばれて子供を産む。その子供もまた次の世代を産み孫が生まれる。その次には曾孫。そして玄孫も生まれる。——きみも生まれる」

確かにそうだと頷いていると、彼は苦しそうに目を眇《すが》めた。

「テオドア？」

「幼い頃の思い出は、もう消えてしまったか」

「え」

「小さな公園」

唐突に言われ、わけがわからない。

「夕暮れ。どこかで咲いている花の匂い。どこかの家で支度している夕餉《ゆうげ》の匂い」

「何を言っているの？　意味、わからないんですけど」

「一緒に遊んだ、金髪の小さな子供」

訥々《とつとつ》と話し続けるテオドアの手に、そっと触れた。

「ねぇ、いきなりどうしたの？」

そう訊くと、彼は軽く首を振った。

「いや、なんでもない。……それより、玄孫の話だ」

「う、うん。えーと十六夜んちで生き残ったのは、ぼくだけだもんね」

自分で言ったのに、なぜか落ち込んだ。天涯孤独だと、今さらながら思い知ったからだ。

「きみは一人じゃない」

きっぱりと否定されて、へ？　と呑気な声が出た。

「詩乃姫ときみが召喚されたのには、理由がある。十六夜の血筋だ」

そう言われても首を傾げるばかりだ。絶滅危惧種みたいな十六夜の子供が、なんの役に立つというのだろう。

「まだ呪いがあったの？」

またしてもスケールが大きい。というか、どうかしている。

「異世界より召喚されるは、乙女と奴隷。乙女を娶り子を成せば公爵家は救われ、奴隷を助けるなら、家は亡ぶ。それゆえに二人を一緒に召喚し、奴隷の首を乙女に捧げよ」

厳かに言われたが、それは誰得なんだろう。

「普通に考えて首をもらって、嬉しい？　詩乃ちゃんは普通のお嬢さんだし、首よりお菓子とか、可愛い服のほうがよくない？」

「だいたいさぁ、ぼくが奴隷ってのは百歩譲って受け入れるけど、なんで疫病神扱いなんだろ」

そう言うとテオドアは思案げに続けた。

「なになに？」

「聖堂には、こんな古い言い伝えも刻まれている。異世界より現れし、奴隷ではない滅する者は、公爵家を救う者である」

なんか話が壮大になりすぎて、お腹がいっぱいだ。

テオドアはそんな充希に構わず、話を続けた。

「その者を敬い迎え入れることが、公爵家を救う。そんな一文だ」

何やらカッコいいが、その説で言うと充希は不要ということになる。

「それって最初から、詩乃ちゃんだけでよくない？」

詩乃の子孫であれば龍之介でも真治でも父でもよかったはずだ。

だが、たまたま時代のチューニングが、充希に合ったということか。

「ぼくがいる意味は、ないんじゃないのかな」

何度も自分を追い詰めた言葉は、テオドアと詩乃の耳にも入ったようだった。特にテオドアは、意外な表情を浮かべている。

片方の眉を上げ、心外だというような、そんな険しい顔をしていた。

「いる意味がないとは、どういうことだ」

ものすごく真剣な表情で睨みつけられて、怖くなった。

「ぼくなんて、どこにでもいる奴だし、特に重要性はないし。詩乃ちゃんは謎の婚約者設定だけど、ぼくなんか何もできないし」

「二度と、ぼくなんかと言うな」

鋭い一言にビクッとする。テオドアは、かつてないほど厳しい目をしていた。

「きみは、きみだ。ただ一人の、唯一無二の、十六夜充希という人間だ。その人を、いなくてもいいなどと侮辱するな。私が許さん」

一語一語、区切るような口調で告げられた。

隣にいた詩乃も、真剣な顔で食ってかかる勢いで言い募る。

「そうですわ。もちろん充希さんは大切な人ですけど、わたくしの玄孫と決定したからには、もっと性根の据わった人間でいてくださらないと、困ります」

話を聞いていた詩乃が参戦してくる。こうなると、もう充希に勝ち目はない。

二人がかりで怒られて、ますます小さくなる。

『唯一無二の、十六夜充希という人間だ』

親を失い、他人ばかりがいる環境で、おとなしく育つことだけを強いられた子供にとって、衝撃的なことを言われたのだ。

『きみは、きみだ。ただ一人の、十六夜充希という人間だ』

『そうですわ。もちろん充希さんは大切な人です』

こんな真正面から自分を肯定されたことはない。

グラフトン公テオドア・オーガスタ・フィッツロイ。こんな人、初めてだ。

「話が逸れたが、私が詩乃姫を娶らねば、公爵家は朽ちる。だが」

とつぜん言いよどむ彼に、充希も詩乃も首を傾げる。

「だが、の続きは？」

そう言うと苦悩の表情を浮かべながら、青年は唇を開く。

「だが私の心には、ある人がいる。あの人に逢いたい。逢って抱きしめて、長く離れていた想いを伝えたい。その人が平穏な人生を歩めるか、見守りたい」

「え、それって……」

恋だ。恋である。恋の匂いしかしないではないか。

「テオドア、好きな人がいるんだ！」

こうなると詩乃も黙っていなかった。

「どんな方ですか。どこに住んでらっしゃいますか。お名前は⁉」

「とても愛らしい人だ。幼い時、私の手を握りしめ、優しく微笑んでくれたあの人……。またあの人と逢えたなら、二度と離さない」

とんでもない美青年が、無駄に情熱的になった。詩乃は本気でハァハァしているし、見ている充希も苦しくなってきた。

(え？　なんで苦しいの。テオドアが誰のことを好きでも、ぼく関係ないじゃん)

そう囁きながら、胸の奥がチリチリ痛い。これは、どうしてだろう。

「そんなに想っている人がいらっしゃるなら、私たちを元の世界に戻してください」

詩乃が苦しそうにそう言うと、テオドアは悲しげな顔をした。

「私は誰かの犠牲の上に公爵家を守ろうとは思わない。たとえグラフトン家がなくなろうとも、国を思う気持ちは、受け継がれるだろう」

「とにかく」

無駄に格好よく言い放ち、彼は言った。

「私はこの世界の均衡を保つために、犠牲になっても構わない」

「そんなの、よくないでしょう！」

思わず充希が叫ぶと、詩乃もそうだそうだと応戦する。

「人の犠牲で成り立つ世界なんて、そんなのありえませんわ！」

そんな二人の言葉を受けても、テオドアの心は動かなかった。

「私の犠牲で公爵家が救われる。……それは、大切な人が平穏に暮らせるということだ。だから、なんの不満もない」

はっきりとそう言い、彼はガウンの裾を翻した。

「この話は、ここで終わりだ。充希、もう部屋に戻ろう」

そう言って彼は充希の肩を抱き、部屋の扉を開けた。詩乃はただ、黙って見送るばかりだ。何も言えなかった。

大きいテオドアは、カッコよかった。

たとえ翻したのがマントではなく、バスローブであっても、痺《しび》れるほど素敵だと充希は思った。

□□□

その後、部屋に送り届けられた充希は夜明けを待ち、朝日を浴びて幼児に戻った小さいテオドアをナニーに引き渡す。ここまでは、いつも通り。

ナニーもメイドもいない部屋の中、膝を抱えて大きな椅子に座り込んだ。

（いろいろ衝撃的だった……）

初めて会った少女が、自分の高祖母。しかも明治の時代からこちらに引っ張られ、幼なじみと結婚するはずの未来を、奪われてしまった。

『きみは、きみだ。ただ一人の、十六夜充希という人間だ』

昨夜のテオドアの言葉が、頭から離れない。自分は、どうかしている。

そう。テオドアのことしか、考えられない。

「わーん、馬鹿ばか。なんで、そーなるの」

この緊急事態の中で、考えるべきことは山のようにある。

充希の心を捕らえているテオドアのことや、そして詩乃の顔が過ぎっては消える。

「いやいや。それより、テオドアと詩乃ちゃんが結婚したら、マジでやばい」

テオドアはあんなふうに言っていたけど、詩乃と結ばれたら、自分は生まれない。

「ピンチじゃん！　困る！」

親なし家なし彼女なし。財産ないし現金もなし。ないないづくしの自分。

でも、出生することも叶《かな》わず、藻屑《もくず》のように消えるのは勘弁してほしい。生まれなかった自分を想像すると、一気に冷や汗が出る。

「別に生まれても生まれなくても、歴史に影響もないモブキャラだけどさ……」

自分が存在しないのは困るけど、それ以上に困っているのは、テオドアだ。

彼のこと考えていると、自分がいない未来を焦るより、悲しくなった。

なぜ悲しいか。テオドアが孤独な未来を心に秘めているから。いや、彼を一人にしたくないと思う自分が、どこかおかしいのだろうか。

充希は、ただのオマケ。なぜこの世界に召喚されたかもわからない存在。

「テオドアにだって、好きな人はいるんだよね。あーんな熱烈に語るほど、大好きな、大事な人がいる……」

そういえば、アンジュの話も聞いていない。

マーレが教えてくれた、今はもう亡くなったテオドアの、最愛の存在。

『だが私の心には、ある人がいる。あの人に逢いたい。逢って抱きしめて、長く離れていた想いを伝えたい。その人が平穏な人生を歩めるか、見守りたい』

あんなに熱く語る、大事な大切な人。

「あんなふうに言われたら、気になっちゃうじゃん……っ」

モヤモヤが悲しみになるのに、時間はかからなかった。

どうしてこんな気持ちになるのだろう。

小さいテオドアは、文句なしに可愛い。大きいテオドアは、カッコいい。

だけど孤独。

公爵なのに、美青年なのに、お金持ちなのに、孤独で淋しい。

由緒ある公爵家をたった一人で支えている。愛するアンジュも喪った。詩乃を帰せば、守ってきた家すら失う。大切な人との繋がりも、断たれるだろう。

だから悲しい。

大きいテオドアも小さいテオドアも切なくて、そして、たまらなく愛《いと》おしく感じる。

愛していない詩乃と結ばれなくては、公爵家が滅ぶなんて厨二《ちゅうに》な設定。

でも彼にとって唯一無二の、大切な存在を守りたいに違いない。

そんなに価値のある、愛おしい存在。

『あの人に逢いたい。逢って抱きしめて、長く離れていた想いを伝えたい』

熱い声がよみがえる。

「……ちくしょう」

頭の中が、引《ひ》っ掻《か》き回されるみたいに、ぐちゃぐちゃだ。

そんなにもテオドアに愛されているなんて、ずるい。

――羨ましい。

「いいなぁ」

孤独な子供が口にしてはいけない、でも必ず思う一言。

『いいなぁ』

これを言ってしまえば世界の誰よりも、惨めになるとわかっている。それなのに、つい、口をついて出てしまう言葉。

虚しくて惨めで、救いようもなく浅ましい言葉。

「テオドアの大事な人が、羨ましい……」

何も持たない自分が人を妬《ねた》ましく思ったり羨望したりすれば、悲しくなる。いらない存在だと思い知らされる。

だから考えないようにしていた。だけど。

顔も知らない、テオドアの想い人。

その人が妬ましいと思う自分。それが哀れで情けない。

惨めで、いじましくて、悲しくて、そして、やるせなかった。

6

「大きいテオドアも小さいテオドアも、嫌いじゃないっていうか、むしろ……、むしろぼく、好きなんだよなー……」

大きい溜息をつきながら呟いたのは、どうしようもない吐露だった。

「そりゃ、とつぜん夜伽とか言われたら、誰だって拒否反応を起こすけど、でも、どっちのテオドアといても、楽しかった」

楽しいという感情は、自分とは無縁のもの。ただおとなしく、面倒のかからない人間でいなければ、いつ捨てられてしまうかと危機感があった。

両親も兄もいなくなった世界は、すごく残酷だったから。

でも、大小のテオドアに会って、気持ちが変わってきた。

皆に受け入れられているって考えるのは、ただの思い込みだ。でも、少なくとも邪魔にされていない。いらないと言われたこともない。

自分は大人の彼と子供の彼、そして、この状況にも惹《ひ》かれている。そう自覚するのは怖かったが、事実なのだ。

その時、トントンとノックの音が響いて、現実に引き戻される。扉を開けたのはメイドのアメリアと、そして小さいテオドアもいた。

「充希、おはおおぅー」

「おはようって、もうお昼すぎだよ。すごい寝ぐせだね」

金髪が天使の羽みたいに、ふわふわしている。めちゃめちゃ可愛い。

小さい彼は朝食後に、また寝る。幼児ならではの、羨ましい習慣だった。仮眠だか朝寝だか知らないが目覚めた頃はちょうど正午なので、朝食と同じく充希とお昼だ。

「朝も昼もいっちょ」のラブラブぶりであったが、さすがに朝食は別々の場合もある。なぜならばテオドアは、寝坊助《ねぼすけ》だからだ。

その彼が今日は、ちゃんと着替えて歯磨きも終えている。これは怪異かもしれない。

「ちゅまなかった」

いきなり、すまなかったと謝られて驚いた。幼児の顔を覗き込む。

「え？　どうしたの、藪《やぶ》から棒だなー」

「あのね、わたちは詩乃のこと、こうかい、ちてるの。はやく、もとのせかい、に、もどちてあげたい。でも、できないのが、くやちい」

「悔しい？」

「のろい、に、ちばられているの、おもいどおり、ならない。くやちい」

呪いなんかに縛られて、思い通りにならないのが悔しい。

詩乃を元の世界に戻してあげたい。

愛らしく優しい彼女が、古びた呪詛に囚《とら》われているのが悔しい。それがテオドアの思いであり、本心だった。

訥々と言われて、力が抜けそうだ。戻ちたいの、とは何事だ。可愛すぎる。

「うん。それは、わかってる。テオドアが悪いなんて、思ってない。彼は魔導士に、言いくるめられたんだ」

「……うむ」

「そんな無礼は、レジェンドに対して許されることじゃないよ」

誰もが敬い、崇《あが》めている若き公爵閣下。

彼に呪いをかけたのが誰だか知らないが、そいつが許せない。

暴挙を止められなかった魔導士にも腹が立つ。あんなに偉そうなのに、役に立ってないじゃないか。バーカバーカという気持ちでいっぱいだ。

(大将が苦しんでいるなら、子分は身を粉《こ》にして助けろよ)

そう毒づきながら、幼児には笑顔を見せた。

「ぼくは大きいテオドアも、小さいテオドアも大好き。役に立てることがあったら、絶対に助けるからね」

実際はなんの役にも立たない身の上だが、決意だけは立派だった。

そんな充希をどう思ったのか、小さいテオドアはいきなり扉へ向かう。

「もう帰っちゃうの？」

「うむ。やらなくては、ならぬこと、でちた」

「やらなくてはならないことができたって、どういうこと？」

「ひみちゅ、だ」

彼はそう言うとアメリアに扉を開けさせて、部屋を出ていった。

「……なんなの」

頼もしくもあるが、どこか不安でもある。充希は言いようのない気持ちで、幼児が出ていった扉を見つめた。

□□□

夜になると、今度は大きいテオドアが入ってきた。

「こんばんはー。お疲れさまでした」

いつもと同じように挨拶をしたが、まだ彼の表情は暗い。

「充希、あの」

「今日は謝ってくれて、ありがとう」

『ちゅまなかった』

幼児の姿をしているとはいえ、中身は立派な青年公爵。なに不自由なく暮らしてきた彼が、人に謝るなんて今まであっただろうか。

話を遮るように言うと、彼は少し安堵の表情を浮かべる。

「うむ」

「いつまでも引きずるね。もう気にしなくていいよ」

そう言うとテオドアは、ようやく口元をほころばせた。気ぃ遣い屋さんだ。

「ぼくはともかく、詩乃ちゃんは元の世界に帰してあげてほしいんだ」

やっぱり彼女のことは、気になって仕方がない。

自分にとっての高祖母だから、というだけではない。彼女は素直だし几帳面《きちょうめん》。好感を持てるタイプだった。

「詩乃ちゃんは、まだ子供だ。憧れの幼馴染みと結婚できないなんて可哀想すぎる」

「ああ、……わかっている。だが」

「え?」

どこか歯切れの悪い物言いに、どうしたのかと思った。

「ずいぶんと庇うものだな」

「だって女の子だよ。それにぼくの、ひいひいおばあちゃんだもん。ちゃんとしたいし、詩乃ちゃんが元の世界に戻ってくれなかったら、ぼくが生まれてこないじゃん」

基礎の基礎だが、どうやら頭に沁《し》み込んでいないようだった。

「……それは困るな」

「でしょでしょ。だから、詩乃ちゃんを元に戻すのが、最優先事項だよ」

自分だけではない。両親も兄も、祖父母も生まれないことになる。

確かに早死が続出している家系だが、だからといって生まれなくていいわけじゃない。みんな、それぞれの人生があったのだから。

公爵家の存亡も一大事だが、こっちは人の命まではかかっていないのだ。

(でも、それだけじゃない)

本当は、それだけじゃない。

詩乃の愛らしさに、テオドアと結ばれる未来に嫉妬しているのだ。

(詩乃ちゃんがテオドアと結ばれて、幸福になる。テオドアが満足で幸福になれるなら、それでいい。でも、文句を言いたい自分がいるんだ)

自分の高祖母に嫉妬している。それはとても、恥ずかしい。

「でもさ、本当はね」

言ってしまおうか、このモヤモヤを。

吐露してどうなる問題ではない。だけど、言わないと前に進めない気がした。

「本当は、どうしたんだ」

テオドアが困った顔をしている。彼は何かを察しているのだろうか。

整理がつかない、充希の心を。

「ぼく、テオドアと詩乃ちゃんが結ばれるって考えたら、ムカムカした」

「え？」

「二人が夫婦っていうか、結ばれるって考えたら、羨ましいっていうより怒りたくなるんだ。壁とか破壊しそうな感じなの」

気持ちが抑えられなくて早口で言うと、彼は眉間に皺を寄せる。

「それは姫を取られたくないという気持ちからか」

斜め上の返事をされて、泣きたくなった。

「なんで、そーなるの」

ぐったりした気持ちで呟いて、テオドアの胸に頭を寄せる。

「詩乃ちゃんは、ぼくのひいひいおばあちゃんだよ。大事な人だけど、だけど、それ以上でも、それ以下でもない。だって……」

気がつくと、涙で瞳が潤んでいた。慌てて隠すように俯《うつむ》く。こんなことでべそをかく自分の不甲斐なさに、もう穴に潜ってしまいたいぐらいだった。

「私を恨んでいないのか」

低い声が聞こえて思わず顔を上げると、目が合い、泣いているのがバレた。

「泣かないでくれ」

長い指が眦《まなじり》を拭ったけれど、その拍子に涙がこぼれてしまった。

「ぼくさ、誰かと一緒にいるのが苦手なんだよ。……でも、大きいテオドアも小さいテオドアも、どっちも苦手じゃないいんだ。むしろ、ずっと一緒に……」

一緒にいたい。

こんな気持ちを誰かに抱くなんて、ありえない。

でも心が寒いと思った時、この人がそばにいてほしい。そう思ったとたん、また涙があふれて、収拾がつかなくなった。大洪水だ。

「泣くな……」

その囁きが聞こえたのと、頬を伝う涙が彼の唇で拭われたのは、ほぼ同時だ。

熱い舌先が肌に触れると、身体が大きく震える。

「やだ、……舐めないで」

そう言うと、いきなり唇をふさがれた。びっくりして目を大きく見開き、厚い胸板を押し返そうとする。だが、反対に強く抱き込まれた。

「ん、んぅ」

強い力で抱すくめられ、さらに深く貪られる。

それが怖いとか気持ち悪いとかではなく、ものすごく心地よかった。

(動物のお母さんが、子供を舐めてるみたい)

動物ドキュメンタリーで見るたびに、親子の触れ合いが羨ましかった。ちびの獣たちがコロコロじゃれ合っているのが、羨ましくて仕方がなかった。

(いいな。お母さんに舐められて、兄弟できゃーきゃー遊んでいるの、いいな)

家族を喪った自分には、望んでも得られないものばかり。

テオドアの抱擁とくちづけには、欠けていたものが取り戻される感じがした。

ふっと抱きしめる力が緩み、優しいくちづけが額に落ちる。

「こうされるのは、嫌か?」

耳元で囁かれて、身体がびくびく震えた。

「きみを抱きたい。私のものにしたい」

熱く求められ、また泣きそうになる。自分も同じ気持ちだったからだ。

充希は大きな背中にしがみつき、抱き合って唇を重ねた。

「ぼくも、……ぼくも、テオドアが欲しい」

そう囁くと、ふたたび唇がふさがれる。

その時、幼い頃に遊んだ金髪の子がよみがえった。あの子は、小さいテオドアにそっくりだったからだ。

「どうしたの？」

優しい声で訊ねられて、ふふっと笑う。

「子供の頃、よく一緒に遊んだ子がいたんだ。その子が小さいテオドアとそっくりで、可愛くて、大好きだった。それを急に思い出しちゃって。ごめんね」

そう語ると彼は微妙な表情を浮かべている。

（あ、しまった。他の子の話題って、こういう場に相応《ふさわ》しくなかったか）

慌てて身体を起こし、謝罪しようとした。ムードぶち壊しだったたからだ。

しかし。

「その子供の思い出は、それで終わりか」

「うん、引っ越したのかな。とつぜんいなくなっちゃったんだ」

しばらく無言だった彼は困った顔で、ぶっきらぼうに言った。

「その金髪の子供は、私だ」

「……はぁ？」

「幼い頃から、マギアに言われ続けた。『我が主君テオドア。あなたさまは決断しなくてはなりません。異世界から召喚する、定められた少女を迎えると』とね」

「決断しろって言うけど、ほとんど誘導だね」

むちゃくちゃな言いざまに、またしても魔導士が嫌いになる。いっそ蹴っ飛ばしたいぐらいだった。

「ずっと言われ続け、嫌悪しかなかった。しかも公爵家存続のためには、姫の子孫を始末しなければならない。それがどんな者なのか知りたくて、マギアに頼んだ」

「異世界って、そんなに簡単に行き来できるもんなんだ」

「魔導士の魔力、それに異世界の扉を開く鍵がいる」

「鍵?」

新たな設定に、頭を抱えたくなった。鍵って、なんなの。

「それはつねにマギアが管理している。だが満月の夜ならば、扉が開くかもしれない。あるいは、開かないかもしれない」

「なんか、もう無秩序の極みだ……」

そう呻くと彼は唇を持ち上げ、少し笑った。

「そうだな。でもその子孫は、とても愛らしく優しかった。その子は見ず知らずの私の手を取り、近くの猫や犬を紹介してくれたんだ」

「……その節は、なんかバカですみません」

「そんなことはない。子供のきみは素直で優しく、そして愛らしかった。今まで会った貴族の令嬢や貴婦人たちより、数段も素敵な人だった」

「それ、褒めすぎだよ」

聞いていられなくて、俯いた。

こんなにベタ褒めされるなんて、一度もない。もう、ありえない。

「詩乃ちゃんは、どういうタイミングで召喚したの？」

「マギアが占いによって、彼女が幼馴染みと婚約する前だ」

「もらい事故も甚だしいね……」

やっぱり、ひどい話だ。詩乃ちゃんには、なんの罪もない。もちろんぼくにもない。

テオドアは訥々と話を続けた。

「子供の姿にされていたが、私は人の本質を見ることができる」

「本質？」

「そう。どんなに上等な衣服を身につけ、高価な宝石で飾り優しい声を出していても、計算高い人間がいることを、私は知っている」

曇りのない眼差しをして、彼は続けた。

「篤志家として知られていても、裏では口汚く人を罵る男を知っている。社交界の華と謳《うた》われた貴婦人が、子供を虐待していることを知っている。だが」

テオドアは充希の指先に、チュッとキスをした。

「見知らぬ子供と一生懸命に遊んでくれる心の優しさも、知っているんだ」

そう囁いて、また充希の指先にくちづけた。

「初めて会った外国人の子供に優しくしてくれた。それが、きみだ」

涙がいつの間にか、また流れていた。

テオドアはその涙を何度も唇で拭い、唇へキスを繰り返す。今度は動物のお母さんのベロベロではない。大人の男がする、激しいくちづけだった。

幸せで幸せで、時が止まればいいと本気で願った。

□□□

充希の寝台の上で、二人は抱き合っていた。

充希は服も乱れていないテオドアに抱きしめられ、何度もくちづけられて、溶けたバターのように、とろとろになっていく。

細い指先を舐めて、声が上がる。舌先が肌をすべるたび、背筋が細かく震えた。

テオドアは指の付け根に舌を這《は》わせて、堪能していた。

充希の指の長さや、関節、指の股、骨の構造を舐めしゃぶる。そのたびに身体が、びくびく跳ねた。まるで打ち上げられた、小魚みたいだった。

「あ、……あ、は……っ」

服を一枚ずつ剝ぎ取られ、首筋や脇、乳首まで、丹念に舌を這わされる。自分の身体として、意識していなかった肌の窪《くぼ》みも、舌で堪能される。

「ああ、いやらしく濡れてきた。これは素敵だ」

テオドアは、充希の両脚を大きく開く。そして蜜《みつ》に濡れた性器を、じっくりと見つめた。

とたんに恥ずかしくなる。

同性に身体を見られるぐらいで、何を狼狽しているのか。そう頭ではわかっていても、自分の身体を性的な対象として扱われる恥辱に震えた。

「や、やだ。見ないで……っ」

膝を閉じようとしたが、反対に足首を摑まれた。

「見ないで、きみを抱くことはできない」

そう囁かれて、身体が熱くなる。本当に自分は、この人のものになるんだと、思い知らされた気持ちだった。

「は、はぁ……っ」

大きく膝頭を割られて、そこに身体が入り込む。もう脚を閉じることができなかった。それが絶望と、同じぐらい大きな震えを充希に与えた。

「あっ」

いきなり唇が触れてきて、怯えて身体を硬直させる。

「テ、テオドア、触らないで」

身体を捩《よじ》った瞬間、熱くて濡れた舌先で、性器の先端を口にふくまれた。熱い舌は堪能するままに、ねっとりと絡んでくる。

初めての性交渉なのに、この舌技は濃厚すぎた。

「ああ、ああ、ああ、ああ……っ」

いつの間にか、腰が蠢《うごめ》いている。いつもの充希ならば絶対にしない、淫らな動きだ。快楽はあっという間に、清純な身体を淫靡《いんび》に変えた。

なにこれ。なにこれ。なにこれ。なにこれ。

うねる悦楽が、容赦なく襲ってくる。先ほどまで慎ましやかに閉じようとしていた膝は、男を迎え入れるように大きく開いていた。

いけない。だめ。こんなの。だめ。

混乱した頭で、必死に快楽を否定した。だけど貪欲な身体は、すぐに陥落する。

「あ―――……っ」

とうとう充希は高い声を上げ、激しい痙攣《けいれん》を迎える。

頭が真っ白になり、目の裏で火花が散る。

今まで感じていた曖昧な感覚ではなく、他人から与えられる強烈な快感。

まるで亀裂が入り、身体の中身を引きずり出されるみたいだった。

充希は硬直したあと、白い精液を放出させた。目を見開いたまま、何度も腰をいやらしく動かしている。一人で絶頂を堪能しているのだ。

「あ、あぁ、あ、あは……っ」

終わりがないかと思うぐらい、何度も白濁が飛び散った。

「あぁ、あぁ、すご、い……っ」

うわごとのように呟き、無意識に腰を蠢かす。テオドアは目を細め、とろとろの体液を舐め啜《すす》った。

その淫らな姿を見つめて、充希は身体の奥に渦まく熱さに耐えていた。

(これ、これ、なに)

まだ熱く痺れた頭のまま、淫靡な光景に震える。テオドアが、自分の性器を舐めている。それは自分が今、いやらしく爆発させたものだ。

そんな汚れたものを、テオドアが味わっている。

ぞくぞくっと、身体が溶けて崩れた。テオドアは、ぐんにゃりと蕩けた身体から身を起こすと、改めて充希にくちづける。

意識が飛んでいるのか唇は柔らかく、硬い男の舌を抵抗なく受け入れていた。

「充希、ずっときみを探していた」

囁かれた言葉に瞼を開く。すると優しい手が、髪を撫でてくれた。

「一緒に遊んだあの子を、ずっとずっと探していたんだ」

テオドアは膝立ちになると、そばに置いてある小机の引き出しを開けて、中に入っていた小瓶を取り出し、寝台の上に置く。

「今なら、夢見心地のまま受け入れることができる」

囁かれた言葉の意味も追えず、充希はぼんやりと視線を泳がせた。

まだ、恍惚《こうこつ》の世界にいたい。このまま、眠りに落ちてしまいたい。

テオドアは目を細めながら、先ほどの小瓶の蓋を開ける。そして乳白色の中身を指ですくい上げ、充希の尻の奥へと塗り込める。

「ん……、んん……」

「さぁ、一緒に。すぐに天国の扉が開けよう」

吐息のような声で囁くと、下半身の衣服をゆるめ、充希の両足を肩に抱え上げる。

彼は充希の奥に、ぴたりと自らの性器を押しつけた。そこは塗られたものが、とろとろに蕩けている。

そのまま身体を押し進められて、充希の睫毛が震えた。違和感に気づいたのだろう。

「ほんの少し、辛抱しておくれ」

テオドアはそう言うと充希の背を抱きしめて、ゆっくりと身体を進めた。

「あ、ああ……っ」

快楽の泉に浸っていた身体と心が、強い力で引き戻される。そして、激しい違和感に震え、目を見開く。視界いっぱいに広がっているのは、テオドアの身体だった。

「あぁ、やぁ、ああ……」

蕩ける身体を押し開かれ、大きなものが奥まで進入してくる。

「は、あ、やぁ」

何か言おうとしても唇だけが、はくはく動く。まるで金魚みたいだ。

「や、やだ、あぁ、あぁ」

反射的に逃げようとした。自分が、ひどい目に遭っているような錯覚がした。

「いや、ああ、こわい、こわい……っ」

呻くと、侵入してくる身体が止まった。目を開くと優しい唇が、いつの間にか流れていた涙を、すくい取っていた。

「苦しいか。すまない」

その囁きに意識が戻ってくる。

「充希、私がわかるか？」

囁かれて、こっくり頷いた。

「テ、オド、ア」

彼は充希の頬を撫でて、ほーっと息を吐く。どこか安心した表情だった。

「きついようなら、今日はもうやめよう。きみの身体が心配だ」

そう言われて、自分が何をしているか改めて見直した。自分たちは裸で、抱き合っている。そして充希の身体の奥には――。

「あ、あれ……。もしかして、ぼくたちって」

「ああ。深く繋がっている。触ってみるか？」

そう言うと彼は充希の手を取り、二人の結合部分に触れさせてみる。限界まで広げられた入り口には、信じられないぐらい太い性器が挿入されていた。

とたんに顔が真っ赤になる。

「ひゃあ……、こ、これ、ぼくので、テオドアの、なんだ」

自らの身体に触れながら、何度も指で触れた。

「そう。でも今はつらそうだから、動かないでいる」

「そんなぁ」

同じ男同士だから、そのつらさは、よくわかる。さっさと放出したいのだ。

だけど充希が痛がったから、動かないでいてくれる。

「テオドア、ごめんね。あの、ぼく大丈夫だよ」

「無理をするな。きみの身体のほうが気になる」

「ううん。ぼく、こうやって繋がっていられるだけでいいし、幸せだよ。だけど、もっと気持ちよくなりそうな気がするから、続けてほしい」

「充希、本当か」

「うん、して……」

嘘である。本心を言えば痛いしテオドアは重たいし、もっと動いたら痛いだろうなという不安があった。だけど、このままでは蛇の生殺しである。

テオドアが気持ちいいならば、ちょっとの痛みぐらい我慢する。

彼は少し悩んだが、先ほど使って放ったらかしだった小瓶を拾い上げた。

「では、潤滑油をもっと足そう。そうすれば摩擦が少なくなる」

「う、うん……」

身体がベタベタするのは、この油のせいだったのか。正体が知れて、安堵した。

充希と繋がったまま彼は潤滑油を垂らし、結合部分と充希の性器に塗布する。ひんやりした油に、身体が竦む。

「すまない、冷たかったか」

「ううん、大丈夫。あ、なんか温まってきた」

繋がったところに垂らされた油が、ぬるぬるとする。初めての体験に目を丸くしていると、テオドアが身体を起こして充希を膝の上に乗せた。

「わ、あぁ……っ」

その刺激で声が出たが、彼はまったく動じていなかった。

「では、これからもっと、深く突く。痛かったり気持ちが悪かったら言いなさい」

学校の先生みたいな口調に、思わず笑いが洩れる。彼も気恥ずかしかったのか、ちょっと微笑みが浮かんだ。

その表情を見ていると、ホッとする。

自分は本当に、この人が好きなんだなぁとシミジミ思った。

「動くぞ」

呑気な感想もそこまでで、すぐにテオドアの身体が動き始めた。とたんに充希の唇から、甘い吐息がこぼれ落ちる。

「あ、あは……っ、いい、気持ち、い……っ」

潤滑油を足したのがよかったのだ。驚くほど滑らかに、体内に入った性器が蠢きだす。

初めての体験だったが、気持ちがよかった。

「ああ、ああ、ああ……っ」

先ほどは、すごく痛かった。今はもう、違和感があるけど痛くない。

むしろ、気持ちがよかった。

「充希、ああ、いい……っ」

たまらないといった声で囁かれて、こちらの身体が熱くなる。彼は充希の顔を両手でつつみ込むと、頬や額や瞼に何度もくちづけた。

その間も、強靭《きようじん》な腰は動きを止めない。奥深くまで押し開かれる。

「あ、ああ、やぁ……っ」

「痛いか、すまない。だがもう、止められない」

そう言うと彼は充希の身体をきつく抱きしめながら、腰を突き上げてくる。

「いい、いいの。気持ちいい。お願い、もっと、もっとぉ」

初めて男を受け入れたのに、どうしてか痛くない。それが足された潤滑油のおかげだと、すぐにわかった。それぐらい、露骨で卑猥《ひわい》な音が結合部から洩れていた。

「あぁあっ、あ、あ、すご、ぁあ……っ」

臀《しり》の肉を鷲摑みにされて、何度も擦《こす》り上げられる。それが気持ちよくて、腰を擦りつけて跳ねるみたいに動いた。

「テオドア、テオドアぁ、あ、あ、好き、好きぃ」

もう何を言っているか、自分でもわからない。大きな嵐に揺らされているようだ。

「んぅぅ、ううう……っ」

獣の唸り声みたいなものが、自分の唇からこぼれる。それが淫らで、いやらしい。剝き出しになった快感を、貪欲に貪る。

楽園の果実は、こんな味なのだろうか。

食べることは許されていないが、悪辣な蛇が誘惑した果実。甘い蜜を迸《ほとばし》らせる、いやらしい木の実の味。

「あああ、いい、いい、気持ちいい、ああ、死ぬぅ」

なぜか死ぬと言ってしまってから、粘りけのある蜜が体内にあふれた気がした。

「死ぬのか。そんなにいいか、充希」

「あ、あ、もっと擦ってぇ、すごい、ああ、もっとして。いい、いい」

頭の中に、何かが煌《きら》めいた。なんだろうと思って見ていると、その光は爆発を繰り返しながら流れ星のように、頭の中いっぱいに降ってくる。

「あ――――っ、あ――――……っ」

信じられない絶頂に飲み込まれてしまった。背を弓なりに反らしていた身体を、テオドアにしっかり抱きしめられる。

「たまらない。なんて身体だ。私もいきそうだ。受け止めてくれ」

微《かす》かに聞こえた声に、必死で頷く。もっと欲しい。もっともっと。

淫らになりたい。いやらしくなりたい。

静謐《せいひつ》でいたい。優しく彼をつつみ込んであげたい。

相反する想いに囚われながらも、必死で体内に咥《くわ》え込んだ男を締めつける。

「いって、中でいって。奥のいやらしいとこに、いっぱいかけてぇ」

初めての性交渉なのに、いやらしい言葉を口走る。テオドアは眉をひそめるどころか、嬉しそうに目を細めた。

「こんなに幼く愛おしげなのに、どうしてそんなに淫らなんだ。……たまらないな」

卑猥なことを叫びながら、結合部から体液を噴き出させる。

「ぼく、また、またいっちゃう、いっちゃうよぉ」

必死に腰を動かすうちに、涎が口の端から落ちた。もう汚いとも感じないし、もっともっと濡れたいと思った。

チカッと瞼の裏で、何かが光る。まただ。また爆発する。綺麗。すごく綺麗。大好き。パチパチ光る。もっと見たい。ずっと見たい。

「あ―――っ」

深々と男を咥え込みながら、充希はまた達した。その締めつけにテオドアも射精して、極彩色のきらめきを手に入れる。

幸せだった。

愛する人と溶け合って、消えてしまうかもしれない。

それでいいと思った。

テオドアと混ざり合えるなら、溶けて流れて構わないと、本気で思った。

7

何度も抱き合った二人は、しばらく寝台の上でお互いの肌に触れ合っていた。そうしていると、すごく幸せな気持ちになれる。

少しの間そうしていると、テオドアは「決めた」と呟いた。うとうとしかけていた充希は、ハッと目を覚ます。

「あ、あれ？　テオドア、どうしたの？」

夜明けまでは、まだ時間があるだろう。窓から見える外は真っ暗だった。

「今宵は満月だ。迷ったが、この機を逃すと次に何か妨害をされるかもしれない。どうしても今やらなくては。充希、ついてきてくれるか」

何がなんだか、よくわからない。それでも充希は寝台に正座する。

「はい！」

テオドアが好き。大好き。

彼がついてこいと言うなら、どこまでも一緒に行こう。

手早く服を着て、二人で部屋を出た。途中で護衛の黒スーツがいたが、テオドアは構わなくていいと言って、下がらせてしまった。

彼に手を引かれて階段を上り、行きついたのが詩乃の部屋だ。

「え？　最初の時といい今といい、女の子の部屋を訪ねる時間じゃないよ」

注意しようとすると、肩をグッと抱き寄せられた。

「無作法は承知している。だが、今でなくては駄目なんだ」

詩乃の部屋の前にいた黒スーツにも、先ほどと同じように言って下がらせた。その上で、扉を叩いた。眠っているのだろう、なかなか応答がなかった。

何度かノックを繰り返した。紳士的な彼なのに、どうしたことだろう。そう思って顔を見上げると、困ったように呟いた。

「満月でないと駄目なんだ。月が欠けると、また次の機会を待たねばならない」

返事がないことに焦れてドアノブに、手をかけようとした時。

「テオドアさま、どうなさったのですか、こんな時間に」

明らかに戸惑っている詩乃は、怯えたようにテオドアと充希を見た。

「詩乃姫、失礼を許してくれ。あなたを元の世界に戻したい」

「え？」

「今夜は満月。月には魔力がある。以前、マギアに聞いたところ、人の生も死も誕生も、月の力で動かされるらしい。だから、今夜は特別だと思う」

詩乃は胡散くさい話なのに、疑うことはなかった。

自分が召喚されたことで、見えない力を信じているようだった。

「元に戻れる……、どうすればいいのか、わかりません」

「きみたちがこの世界に来た、あの泉に行こう」

「泉に……」

「本当ならば、異世界の扉を開く鍵が必要だ。だが、どこにも見つからない。だから、月の力を借りようと思う」

「鍵？」

「私とマギアが持っていた、異世界の扉の鍵だ。それがあれば、扉は開かれる」

テオドアの話を聞いた詩乃は、少し考え込んだ。

「鍵というのは、これのことでしょうか」

詩乃が袂《たもと》に手を差し込むと、チャラッと音を立てて何かを取り出した。そのとたん、充希とテオドアが、揃って声を上げる。

「異世界の扉！」

「ぼくの自転車！」

お互い言っていることはバラバラだったが、言いたいことは一つ。

鍵だ。

こちらに来る前に、探していた自転車の鍵。

「ぼく、こっちに飛ばされる前、この鍵を探していたんだよ」

「私も最後に使ったあと、マギアに預けっぱなしだった。その後、どうしたのかと思っていたが、まさか充希と関係のあるものだったとは……」

「鍵？　これが鍵ですの？　あ、でも我が家の蔵の鍵に似ているかしら」

口々に言い合っていると、どれが正解かわからなくなってくる。だが、詩乃を元の世界に帰すために、この鍵が役に立てばいい。

「とにかく、泉に向かおう」

テオドアが性急な口ぶりでそう言い放つ。だが、今さら泉に行ったぐらいで、本当に元に戻れるのか。

まだるっこしいと感じた充希は、問い詰めたくなるが、そこは我慢する。

「急ごう。すぐに夜が明けてしまう。月の力が及ぶのは、夜だけだ」

テオドアはそう言うと、浴衣の上にガウンを羽織っただけの詩乃と、そして充希の肩を抱いて、速足で歩き始めた。

「で、でも、本当に詩乃ちゃんを戻して大丈夫？　あいつが黙ってないんじゃ」

マギアの整った顔が思い浮かぶ。あんな執念深そうな奴を怒らせたら、のちのちまで面倒だと思ったからだ。だが。

「きみの世界には、姫の墓があったと言っていたね。姫は元の世界に戻って、天寿を全《まっと》うしたのだろう。だから大丈夫だ」

「だから大丈夫って、どっから来る自信なの！」

「自信などない。だが、これ以上ここに引き止めるのは忍びない。彼女は元の世界で、憧れの幼馴染み殿と結婚するのだから」

きっぱりと言い切ったテオドアに、今まで黙っていた詩乃が目を見開く。そして、大きく頷いた。

「はい！　わたくしは、馨さんの妻になります！」

毅然《きぜん》とする詩乃の背中を、テオドアは抱きかかえた。

「頼もしい。きみを必ず、元いた場所に戻すぞ」

□□□

充希と詩乃は屋敷の庭園奥にある、泉へと近づいた。

「きみたちが来た時も通った、神の泉だ。普段は人の立ち入りを許さず、閉鎖され、祝いごとや厄災が起きた時だけ祈りを捧げる。神聖な場だ」

底まで見渡せるほど透き通っていた。全体的には薄い緑色と青色が揺らぐ。魚も泳いでいる、とても美しい泉だ。

説明するテオドアには言えなかったが、充希は申し訳なさでいっぱいになる。

（そんなありがたいのに、池ボチャしてごめんなさい。悪いのは魔導士です。ぼくじゃありません。バチを当てるなら、魔導士に当ててください）

心の中で拝むように、両手を合わせた。思わず神妙な気持ちになっていると、テオドアが泉に向かって指をさす。

「姫、泉の真ん中まで行ってくれ。泉の中央を潜ると、中に扉がある。その扉を開くのが、あの鍵だ。潜れるか」

真夜中、水の中に入れと言われて頷く女性は少ない。だが、詩乃は数少ない、肝が据わった女子だった。

「はい、潜れます！」

即答した彼女に、充希は心の中で拍手を送った。

（迷いなし！　カッコいい！）

天晴《あっぱれ》にもそう言うと、彼女は長い裾を腰ひもに挟んで固定した。歩きやすくするためだ。

その清々しさに、感動してしまった。

「充希さん、あなたは一緒に戻られますか」

まっすぐこちらの顔を見据えた彼女は、何かを察しているのかもしれない。

充希はゆっくり首を横に振り、テオドアに寄り添った。

「自分は、この人のそばにいたいから、戻らない」

ハッキリと、区切るようにして話をした。

「ぼくは、ここにいたい。テオドアと離れたくない。ぼくは彼と、百夜を過ごし呪いを解いて、永久の愛を誓い合いたいんだ」

そう告げると詩乃は目を見開いたが、そっと充希の肩を抱き寄せた。

「決めたのですね?」

「うん」

「もう戻れないかもしれません。それでも、後悔しませんね?」

「後悔なんか、絶対にしない」

二人の様子を見て、テオドアが震える声を上げた。

「充希、ここに残るとは正気か」

その問いかけに、しっかりと頷いた。

「ぼくは今まで、誰にも必要とされてなかったし、家族もいない。毎日、摑みどころがなくて不安だった。でも、今は違う」

テオドアは感激したように、充希を抱きしめた。

「ここに残ってくれるのか」

「あったり前じゃん。ぼく、テオドアを愛しているんだから」

その一言を聞いて、彼は感極まって声を詰まらせる。その姿が、とても愛おしいと思った。だから自分から、彼の手を握りしめる。

「泣かないで。これからも、よろしくね」

そう囁くと、強く抱きしめられた。

二人を見守っていた詩乃は近づいて、充希を強く抱きしめる。

「あなたに悔いがないのなら、わたくしが言うことは、何もありません。でも」

「でも？」

「でも、展開が早すぎます」

直球のクレームに、思わず笑ってしまった。

「いきなりゴメンね。でも、ぼくはもう元には戻れない」

「テオドアさまがいらっしゃるここに、居場所を見つけたのでしょう？　謝らないで結構です。わたくしは、ただ充希さんに幸せになってほしいだけです」

「……ありがとう、詩乃ちゃん」

最後まで彼女の呼び名は、詩乃ちゃんだ。それでいいと思った。

「では行きます。テオドアさまもお元気で。玄孫をよろしくお願いいたします」

詩乃は短くそう言うと、くるっと背を向けて泉の中に入っていく。

だが、とたんに鋭い悲鳴が上がった。ギョッとしたが、彼女は何かに耐えるように、上を向いて呻いている。

「どうしたの⁉」

「冷たいです！」

「えええっ、が、頑張って！」

「はい！」

彼女は大きな声で返事をすると、ざぶざぶ泉の中を歩く。雄々しい姿だ。

だが。

「馬鹿な女だ」

低い声がして、冷たい風が舞う。

そこには、魔導士マギアが立っていた。

「コスプレ魔導士！」

充希の口から、叫び声が上がった。

すぐにテオドアが庇うようにして間に立つ。

「テオドア……ッ」

「下がっていろ。マギア、これ以上は行かせない」

充希と、そして泉の中を歩く詩乃の前に立ちふさがる彼の姿は、とても頼もしい。そんな姿に、充希は目を奪われた。

(守ってくれている。テオドアは、なんて格好いいんだろう……っ)

だがマギアはその姿を、忌まわしいものを見る目で、見つめるばかりだ。

「我が君、どうなさいましたか」

「もう、お前の言いなりにならない。公爵家が滅びても、姫は元の世界に戻す」

「なんと嘆かわしい。グラフトン公テオドア・オーガスタ・フィッツロイともあろう方が、子供に骨抜きにされてしまうとは」

嘆くような、嗤《わら》っているような顔で彼はそう言って、充希を睨んだ。睨みつけたいのは、こっちのほうだと言いたくなる。

しかも、悪口雑言はまだ続いた。

「我が君を籠絡《ろうらく》したか。この下賤の娼婦《しょうふ》が」

「……ぼくは娼婦じゃない」

「報酬を与えられてないから、春を鬻《ひさ》いでないと言いたいか。だが、お前は我が君の寝所に潜り込み、手練手管を使って、この方を誑《たぶら》かした」

「春を鬻ぐって、どこの時代劇だよ。ぼくたちの関係に、口出しするな」

頭に来て反射的に言い返したが、彼に響くはずがない。それどころか、泥がかかったたかのように、嫌な顔をされた。

「無芸大食の能無しが偉そうに。万死に値する」

憎々しげに言われたが、思ったことは、ただ一つ。

(なんで大食ってバレてるんだろう。無芸も当たってるし、こいつ、やるな)

程度が低すぎるやり取りだった。やるな、ではない。

「我が君。姫を元の世界に戻すのなら、代々続いてきた公爵家は途絶えます。この下賤な者では代わりになるどころか、なんの価値もありません。よろしいのですね」

ザ・悪役といった魔導士の声を、充希は遮った。

「ぼくは役に立たないかもしれないけど、自分の意思でこの世界に残る。だから詩乃ちゃんを、元いたところに帰せ！」

高祖母がこの世界に留まったら、自分の未来が危うい。だから守りたいのか。

ううん、そうじゃない。

自分の未来が大切って気持ちも、もちろんある。だけど、それと同じぐらい本心から、詩乃は元いた場所に帰したい。

大好きな幼馴染みの名前は、難しい漢字。だけど彼女は迷いもなく、さらさらと二回も宙に書いてみせた。

まだ子供なのに、人を思いやってくれる、慈しみ深い彼女。

血が繋がっていようがいまいが、詩乃のことが好ましいと思う。好きな男に嫁いで、幸せになってほしいと心から思う。

元の世界に自分の存在が消えて、なかったことになるのはつらい。

だけど、詩乃を大切にしたい気持ちに、嘘はない。

「詩乃ちゃんを、元いた場所に帰したい。これは犠牲じゃない。ぼくだってここに残って、テオドアと幸せになりたいんだ！」

その時。泉の水が竜巻のように渦を巻いて、空へと立ち上った。

「今だ！　詩乃ちゃん、あの中に飛び込んで！」

そう叫ぶと、彼女はこちらを振り返った。その瞳は、怯えている。

こんな水柱なんて、怖いに決まっている。女の子なんだ。

「詩乃ちゃん、頑張れ。頑張れ！　好きな人のところに帰るんだろ。馨さんと詩乃ちゃんの子供が、いっぱい生まれるよ。帰ろう、今すぐ帰ろうっ」

身動きできないのが、すごくわかる。当たり前だ。本当なら、行かなくていいよって言ってあげたい。もう、こっちに住んじゃいなよって言いたい。

でも、それじゃ駄目なんだ。

すらすら宙に書いた馨の名前。思い出すだけで赤らむ頬。大好きな大切なあの人。人のことを最初に考える優しい詩乃だから、幸せになってほしい。

ちょっと授業でやったけど、明治から大正、そして昭和は幸福でもあり悲惨でもあった時代と学んだ。いいことなんか、一つもなかったという話も聞いたことがある。

それでも、愛している人のそばで暮らすのが、詩乃の幸福だ。

絶対に諦めさせたくない。諦めちゃ、いけない。

音を立てて水しぶきが舞う。詩乃がよろけた。泣きそうな顔をしている。当然だ。

でも。

でも、挫けちゃ駄目なんだ。

「負けるな――――っ!」

両手で口元を囲って、少しでも届けと声を張り上げる。

「馨さんに逢いたいでしょう! 誰よりも逢いたいでしょう! だったら踏んばれ! 馨さんと二人の子供と孫と曾孫と玄孫のために、頑張れぇぇぇ――――っ」

大きな水しぶきがザバザバ立ってて、声なんか届かなかったかもしれない。

だけど一瞬だけ詩乃の声が、はっきりと聞こえた。

「ありがとう」

その瞬間だけ、時が止まった気がした。

現実では水柱がグングン大きくなっているし、洪水みたいな水浸しだ。

だけど詩乃は、怯《ひる》まなかった。

くるっと背を向けると、彼女は、もう振り返ることはなかった。

ものすごい勢いで水柱へと走って、水中に身を投じた。

そして彼女と充希は、永遠の別れを迎えたのだった。

□□□

詩乃を飲み込んで、竜巻は治まり水面は鎮まった。

魔導士はその様子を見て、その場の全員に聞こえるような、大きな舌打ちをした。

(ガ、ガラ悪ぅ……っ)

思わず怯えてテオドアの背中に隠れる充希に構わず、マギアは吐き捨てる。

「もっとスペクタクルな展開を期待していたのに」

彼はそう言うと持っていた錫杖《しゃくじょう》を、いきなり地面に突き刺す。

すると地面がひび割れた。

「え、じ、地割れ？」

ビキビキ音を立てて、地面が割れていく。

「うわっ！」

亀裂が走るその上に立っていたテオドアは、電流が走ったように倒れ込んだ。

充希が悲鳴を上げて、倒れた愛しい人に縋《すが》りついた。

「マギア、テオドアに何をしたんだ、このクソ魔導士！」

怒声に似た叫び声を聞いても、魔導士は眉一つ動かさない。

むしろ微笑みながら、とぼけた顔をしてみせている。

「面白くないから、彼の呪いを消滅させてやりました」

事もなげに言い放つ彼に、血管が切れそうになった。

「テオドアに呪いをかけたのは、お前か！」

「今ごろ気づくとは、鈍感も極まれりだ。当然です。このように長きにわたる高度な魔術をその辺の魔導士が、かけられるとお思いですか」

無駄に綺麗な顔をした彼は、にっこりと微笑んだ。

「う、うう……っ」

テオドアが呻いたのと、朝日が差してきたのは、ほぼ同時だった。

いつもなら、たちどころに幼児に戻ってしまうテオドア。だが、今日は違った。まったく姿が変わらなかった。

「小さいテオドアに、ならない……っ」

震える声でそう言うと、テオドアも自分の両手を見て驚きで目を見開く。

「幼児になっていいない」

充希は両目からポロポロ涙をこぼし、愛しい人にしがみついた。

「呪いが解けたんだよ」

泣きながらそう言って、抱きしめる手に力を籠《こ》める。

どんな姿だって、テオドアを愛している。だけど、本来の姿に戻れば、彼の苦悩がなくなる。こんなに嬉しいことはなかった。

「ありがとう、充希。……本当に、ありがとう」

感激して抱き合う二人を他所に、魔導士は白けた声を出す。

「元の姿に戻してあげたのですから、お礼の一つもお願いしたいですね。なんなら土下座しながら、靴先にくちづけても結構ですよ」

シレッと言い放ったマギアに、とうとう充希がブチ切れた。

「呪いを消滅させられるなら、なんでもっと早くやらないんだ、くされ外道！」

周囲は騒然としていた。それも当然だ。

「こんなにもサービスがいいのに、まだ因縁をおつけになりますか。これだから、育ちの悪い野良猫は嫌です」

しょぼくれた様子を見せていたのが嘘のように、悪口をハキハキと言った。

（神さま、こいつをこの世の果てに、廃棄してください。お願いします）

心の中で呪詛を吐き出した充希とは対照的に、マギアは笑っている。

妖艶で仇《あだ》っぽい、そんな微笑だった。その表情を見た充希は、さらに願う。

(神さま、廃棄じゃ駄目です。焼却処分にしてください。パラッパラの灰にして、夢の島に埋めて、上からコンクリート流してください)

充希が呪詛を呟いているその間も、禁区の聖域からは、大きな水柱が立っていた。

騒ぎを聞きつけた使用人たちがやってきた。そこにはずぶ濡れの公爵閣下と、その愛人。

そして魔導士までが勢揃いしているのだ。驚かないわけがない。

その中の一人である執事が、慌てふためいて主人に駆け寄る。

「ご主人さま、これはいったい……っ」

驚愕するマーレに、テオドアは事もなげに言った。

「警備隊に連絡だ。罪人は魔導士マギア。罪状は、反逆罪だ」

その言葉を聞いて、マギアは大きな声で笑った。

「あはははは！　それは恐れ多いことでございます。我が君、わたくしは反逆など考えておりません」

「反逆ではない？　長い間、私をたばかり続け、なんの罪もない充希と詩乃を、異世界から召喚した罪は重いぞ」

それを聞いて、またマギアが笑った。爆笑といった笑い声だ。

「わたくしは、ただ、あなたさまが愛おしくてたまりません」

ものすごく、空気を読まない声が響く。当然テオドアは嫌そうに眉をひそめた。

「世迷言を抜かすな」

「その冷たい眼差し。見下げ果てたと言わんばかりの、冷酷な声。素晴らしい。だからこそ、あなたさまの関心を惹きたかった」

ドM。自虐嗜好のなれの果てだ。

(この人、現代にいたら変な格好で街中を歩いているよ)

今でも十分、妙なコスプレ魔導士だが、これは趣味でも世界観でもない。

ただのド変態趣味なんだ。

充希はおっかなくなって、テオドアの背中にしがみつく。

「そんな理由で私を幼児の姿にし、公爵家が滅亡するからと嘘をつき続けたのか?」

その厳しい声に、魔導士はまた笑った。

「そうです。ええ、そうです。グラフトン公爵家の命運を背負ったと思い込んだ、あなたさまは、最高に愛らしかった。私だけを頼る、いとけない姿。たまらなかった……!」

「……お前は、病んでいる」

祖父母の代から信頼も厚く、グラフトン公爵家の守り神とまで言われた、魔導士マギア。

彼は何年もかけて、公爵家を操ってきたのだ。

「ええ、わたくしは、あなたさまにずっと、焦がれておりますよ。……我が君」

甘い声で囁くように呼び、ふっと息を吐く。すると離れた場所に立っていたテオドアが、ブルッと身震いをした。

まるでマギアの吐息が、自身に吹きかけられたような動きだ。

「警備隊はまだか。早くこの男を連れていけ」

つねにない鋭い声音に、召使たちは驚いた表情を浮かべる。マギアはそれさえも楽しそうに見ていた。

そして唇の端を吊り上げるようにして、にんまりと唇を歪める。

「それでは、ごきげんよう我が君」

充希が驚いてマギアを見ると、彼は瞬時に姿を消した。まさにドロンだ。

「消えた！」

「遠くには行けないはずだ、追え！」

「警備兵はどこだ！　魔導士が逃げたぞーっ！」

煙のように、マギアは消えた。

誰もが目を疑ったが、それきり彼の行方《ゆくえ》は、杳《よう》として知れなかった。

Epilogue

「結局、マギアは見つからないねぇ」

風が気持ちいい夕方、用意してもらったお茶菓子と紅茶で寛いでいた充希は、ポツリと呟いた。それを聞いたテオドアは、苦々しい表情だ。

「見つかったら死刑、よくて国外追放だ。向こうも必死だろう」

「そうだね」

充希はあの魔導士と出会ってから、大した接触はしていない。それでも、会うたびに嫌みを言う、ろくでもない奴としか認識してなかった。

だがテオドアは違う。生まれる前から両親も祖父母も彼を頼ってきた。もちろんテオドア自身も、信頼していただろう。

幼児にすることで自分だけを頼る、いとけない姿を堪能していた、マギア。信頼を得て、助言を素直に受け入れる姿に、ほくそ笑む。

そして最後に、面白くないからと呪いを消滅させた男。

まさに怪物みたいな、そんな男だった。

「失礼いたします」

ノックの音と共に、部屋に入ってきたのはマーレだった。彼は手に封筒を持っている。どうやら、テオドア宛のようだった。

「差出人が無記名のため処分すべきか、ご指示を仰ぎたく参りました」

充希も覗くと、確かに封筒の裏が真っ白だ。テオドアは構うことなく、マーレに封を開かせた。

「本……、でございます」

「本?」

銀のトレイに乗せられた薄い本を、彼は訝《いぶか》しげに見た。だが、今度は自ら手に取り中を開いてみる。すると、すぐにテーブルに放り投げた。

「ど、どうしたの?」

いつも優雅で品のいい彼らしからぬ、乱暴な仕草。驚いていると、テオドアは座っていたソファの背もたれに頭を乗せる。

「マギアからの本だ」

「あいつ、生きていたの」

「そのようだ。私への嫌がらせをするのが、楽しくて仕方がないようだ」

今、放り投げた本を取り上げると、こちらに差し向けてくる。

なんだろうと受け取り、ページをめくって固まった。

「な、な、な、な」

めくっても、めくっても、書かれた文字は卑猥な語句ばかり。

「なんだ、こりゃ」

中身は魔導士に凌辱される私家版、公爵閣下のストーカー小説本だった。

「何やってんの、あの人……」

そう呟くと、好きな子に嫌がらせをする、小学生男子が思い浮かんだ。

不器用というより、バカである。

充希はその本を封筒に戻し、マーレを呼んだ。

「お呼びでございますか」

「うん。これね、封筒から出さずに、このまま焼却して」

「かしこまりました」

中身を開くことなく、忠実な執事は封筒を受け取り、去っていった。

彼は言いつけ通り、そのまま屋敷裏の焼却炉に封筒ごと放り込むだろう。そして自分で火を点け灰になったところまで確認してから、その場を去るはずだ。

中身を確認するなと言われたら、申しつけられた通りに消却する。プロの仕事だ。

充希は先ほど、ちらっと見えた本の内容を思い出して、眉根が寄った。

濡れ場とかはどうでもいい。その中で、エロ本には不似合いの短文が記載されたページを発見し、かろうじて読んだ。詩乃の名前が見えたからだ。

『十六夜詩乃は二十歳で結婚し、未曾有《みぞう》の大震災や戦争を乗り越える』

懐かしい名前にページをめくると、記述はまだ続いていた。

『短命な家系に生まれながらも逞しく生き、たくさんの子供と、大勢の孫と曾孫に囲まれて百歳を迎えた翌年に、天寿を全うした』

「マジで百歳超え⁉ すごい、めっちゃカッコいいーっ」

天寿を全うしたと書いてあったのが、心に残った。

あいつ、どこまで覗き趣味があるんだと憤る反面、詩乃の人生が喜びで満ちていたと確認できたのは、大収穫だった。

(テオドアにも、教えてあげたいな)

自分も彼も、詩乃に負けないぐらい幸せでいたい。戦争や大地震は御免こうむりたいが、それを避けられぬのが人生なのだろう。

「テオドア、ぼく幸せ」

そう告げた充希に、彼はなんのことやらと首を傾げた。でも大きく手を広げて、抱きしめてくれる。

彼の体温と、そして彼の香りが心地よかった。

「どうした？　変な本を見て気分が悪くなったか」

「ううん。クラスメイトの子から、エグい本を見せられることも多かったんだ。みんなお祭りみたいに騒いで楽しんでた。でもさっきのは、とことん変な本だったね」

「まったくだ。嘆かわしい」

マギアの嫌がらせは、きっとまだ続く。でも、それも仕方がないと思った。

（あの人はテオドアのことを、愛してやまないもんね）

半ば諦めの境地で、そう思うことにする。

その時いきなり、アンジュのことを思い出してしまった。

（なんでいきなり、思い出すかなぁ？　いやいや、今はラブラブを満喫する時間で、前の恋人のことを思い出しちゃ駄目だ！）

必死で自分に言い聞かせ、しかし脳裡から追い出そうとしているのに、ドドーンと大波が押し寄せて元に戻してしまう。

（ああ、やばい。何を口走るかわからない。いやいやいや、成人男子に色恋沙汰がないなんて、それこそ問題でしょうが）

一人でジタバタもがいていると、もちろん見咎められる。

「さっきから、何をしているんだ」

「いや、……うーん。自分の心の狭さが嫌で嫌で」

「なんの話だ。ちゃんと言いなさい。言ってくれなければ、わからないままだ」

しっかりと目を見つめられてそう言われると、これ以上は隠せないと思った。観念して吐露しようとしたが、ものすごく大きな溜息が出た。

「何をそんなに、思い詰めているんだ」

「あのね、単刀直入に伺います」

「ああ」

「アンジュとは、どのぐらいつき合っていたの？」

そう言うと、しばらく無表情だった。だが、すぐに耳たぶを赤くする。

色素が薄いから、その薔薇色はなんとも艶やかだった。

「なぜ、アンジュの名を知っているんだ」

「えー、えぇーと。……いろいろ見て」

「見たのか」

口からでまかせだったが、まさかのクリーンヒットをしてしまった。

どうやら屋敷の中には、痕跡が山ほど残っているらしい。

「ご、ごめんね。見るつもりじゃなかったんだけど」

「いや、いい。簡単に手に取ることができる場所に保管した、こちらが悪い」

推測するに、アンジュへの想いは消えていない。

彼女の死後も思い出の品は、この屋敷のどこかに保管されているのだ。

もちろん写真など見ていないし、もともと人のものに触るのは苦手な性質だ。目にする機会があったとしても、手を出すことはしない。

それなのに、しょうもない嘘をついてしまった。それだけ彼女が気にかかる。

(こんなに大切に思われているなんて。アンジュさんって、どんな人なんだろう)

本人を知らないから、想像と妄想が肥大して爆発しそうだった。

(美人なのは絶対だろうけど、お料理とか上手だったのかな。男は胃袋だもんね)

見たこともないアンジュの想像は、止めようがない。

美人系か可愛い系か。背は高いか中肉中背か。服や靴の趣味、アクセサリー、果てはリボンやハンカチまで想像の翼は羽ばたきっぱなしだった。

(美人か可愛いかだけ訊こう。このままだと、モヤモヤが止まらなくて憤死する)

決意をしたので、直球で突っ込むことにした。

「アンジュさんって、美人、だよね」

「そうだな。とても美しかった」

まさかの直球ストレート。これは痛い。食い込むような痛みだ。

(い、いたた。いたたたたたた)

自分から招いた結果だが、脇腹をざっくり切ったのも自分だ。泣くに泣けない。

「もともと血統がよかったし、とても綺麗な子だったよ。日差しを浴びると、キラキラ輝いて、本当に美しかった。いつも私の寝台に潜り込む、お茶目な子でね」

その言葉を聞いた瞬間、なぜだか胸の奥が冷たくなる。

自分から話を振ったのに、聞きたくないと思うのはなぜだろう。

苦しいって思うのは、なぜなんだろう。

「充希、どうしたんだ」

いつの間にか固く瞼を閉じていた。どうしたと訊かれて瞼を開くと、パタパタと温かいものが頬を伝った。

涙だ。

「え？　えぇっ？」

そう思っている間にも、どんどん水滴が頬を伝う。

「どこか苦しいのか？　マーレを呼ぼう」

「だ、だ、だめだめだめだめっ」

執事を呼ぶと言われて、大慌てで断った。

「だが、具合が悪いのだろう？　無理はしないでくれ」

「そうじゃないよ。アンジュさんの話を聞いていたら、急に涙腺が緩んで」

「アンジュの話で？　なぜだ」

まじまじと見つめられて、誤魔化せないと思った。泣くつもりもなかったが、なぜか涙が出たのは、アンジュのせい。

（――――ってことを、言えるかいっ）

しかし無様なところは、もう見られた。そして取り繕っても、きっと見破られる。

ここは、腹を括るしかない。

「アンジュさんが、いいなーって思って」

そう言ったとたん、また涙があふれてくる。自分は、どうしてしまったのか。

するとテオドアは指先で涙を拭ってくれる。そんなふうに優しくされると、また新たな涙が滲みそうだった。

「まだ泣くのか。アンジュがいいなとは、どういうことだ」

どこか呆れたような声に、何度も頭を振ってしまった。

「アンジュさんは、ずっとテオドアの心を摑んでる。亡くなったあとも、ずっと大事に思ってもらっている。それが羨ましい……っ」

絞り出すような声で言うと、目尻にキスをされる。

「アンジュに嫉妬しているのか」

そう囁かれて、恥ずかしくなる。だって相手は、もう鬼籍に入った人だ。どんなに嫉妬しても敵うわけがない。

「ぼ、ぼく、自分がこんなに焼きもちを焼くなんて、思ったことなかった」

手の甲で涙を拭うと、その手にもキスをされた。

「そうか」

「そ、そうだよ。そう……、う。う、ううううう……っ」

この涙は、悔し泣き上戸いうやつか。それとも、違う涙なんだろうか。

「だが、嫉妬などする必要はない」

さらりと言われて、顔を上げる。

「な、なんで?」

テオドアはかいがいしくハンカチを出して、涙を綺麗に拭ってくれた。

「アンジュは犬だから、嫉妬する必要はない」

「は? なんでさ」

テオドアは立ち上がると、壁際の引き出しから何かを取り出した。そして床に座り込んでいる充希の隣に、胡坐《あぐら》を組んで座る。

「可愛いだろう。私の愛犬、アンジュだ」

小さな写真立てに入れられたのは、可愛い小さいテオドアと、大きな長毛の犬だ。

その写真を凝視して、それから彼を見る。

「アンジュ？」

「そう、アンジュ。幼かった私の、大切な友。何よりも愛していた、私のすべて」

「すべて……」

「そう。この子がいなかったら、夜も日も明けないぐらい大事にしていた」

つやつやの毛並みと綺麗な瞳は、愛されている証拠。

さらに持ってきてくれた写真でも、アンジュは誇り高い顔で、こちらを見ていた。

「愛していたんだ。だけど、犬の寿命は短い。アンジュもそうだ。どんなに泣いても喪ってしまう。泣いてばかりだったその頃だ。マギアから、きみの話を聞いた」

彼はそう言うと、充希の髪を優しく撫でた。

「我が君、醜い奴隷の顔を、見に行きましょう。きっと楽しいですよ、と誘ってきた。神の泉から、すぐに奴隷の世界に行けますよと言った」

最愛の犬を喪って悲嘆に暮れていた幼児は、醜い奴隷を見物することに決めた。

そして――――。

「そして、この世にこんな可愛い子がいるのかと、きみを見て思った。それから、毎日のように砂場でトンネルを作った。楽しかったな」

いつの間にかテオドアに、抱きしめられていた。

「テオドア……」

「きみに逢えて、よかった」

そう囁いて、彼は充希の唇をふさぐ。その甘美な触れ合いは、蕩けそうに甘い。

もしかしたら。

もしかしたらマギアは、最愛の犬を喪って悲嘆に暮れていたテオドアを救いたくて、充希と彼を引き合わせたのだろうか。

生涯の伴侶を、見つけるために。

もしかしたら、……もしかしたら、本当に公爵家が滅ぶことは、なかったのかもしれない。

ただ嘆いているばかりの彼を救いたくて、公爵家が滅亡する話を作り上げていたら。

もしかしたら。もしかしたら。

「どうしたんだ、急に黙り込んでしまったな」

気遣う声にハッとする。彼を心配させてしまったと、慌てて頭を振った。

「ううん、なんでもない」

「だが、まだ涙が滲んでいる」

テオドアはそう囁き、舌先で涙を拭ってくれた。

「あ、うん。これはね、……う、嬉し涙」

「嬉し涙？」

わけがわからないといった顔の彼の頬に、いきなりキスをした。

「今度はなんだ」

「嬉しくてしょうがないから、嬉しさのお裾わけ」

何を言っているのだと肩を竦められ、エヘへと笑った。

脳裡に浮かんだのは、いつか聞いたテオドアの言葉だ。

『もちろん嬉しい時も泣く。でもそれは、人生の中でそうあることではない』

そうだよなぁと、今さらながらそう思う。

悔しかったり悲しかったりで、泣くことは多い。でも、人生そうそう嬉しくて泣くことは少ない。子供の誕生とか親への感謝なら泣くだろうけど。

自分のために、嬉しくて泣かない。

両親と兄の死。差別や侮蔑。それらを乗り越えて、出会った愛するテオドアと、公爵の屋敷の人たち。

自分の人生、いろいろある。だけどたぶん、すごくいい。

「やっぱりぼくらも、詩乃ちゃんに負けないぐらい幸せになろう」

そう言うとテオドアは驚いた顔をしながら、ぎゅっと抱きしめてくれた。

「そんなに熱烈なことを言われたら、百夜でも永久の愛を誓い合えるな」

彼は眦の涙をキスで拭うと、真正面から充希を見つめて言った。

「では、夜伽の時間だ」

大真面目な顔で言われて思わず返事をする前に、笑い出してしまった。

抱きしめ合いながら笑って、キスをする。

あの魔導士は、ろくでもないことしかしなかった。それでも、こうして彼に引き合わせてくれたことは、感謝しかない。

あの男を死ぬほど悔しがらせるためにも、自分とテオドアは幸福になる。誰もが羨む、幸せで幸せで笑っちゃうぐらい、ハッピーエンド至上主義だ。

遠いところから見て、臍《ほぞ》を噛めばいい。

ざまぁみろ、だ。

End

あとがき

「幼児公爵レジェンドダーリン」お手に取っていただき、ありがとうございます。

笠井あゆみ先生にイラストをお願いできる僥倖に恵まれ、何を書かせていただこうか、かなり悩みました。

ずいぶん前ですが他社様で、先生と初めてお仕事をさせていただきました。その時は先生が描く振袖を、どうしても見たい！　となり「三日月姫の婚姻」という本を上梓しました。そして今回も何を書こうか、また悩みました。幸福な苦悩です。

もちろん振袖も見たい。何度でも堪能したい。でも、心の中で仏の啓示が響きます。

『落ち着け。そして学べ。オマエもう大人やで』

確かに大人です。ていうか言い訳ができない年齢になりました。自分の欲望より読者様が求めるものを考えるのが仕事です。

そこで「先生が描かれるムチムチちびこを見たい」という天啓が閃きました。

流麗で耽美な、ムチムチちびこ。それはもう、抉り込むように可愛いでしょう。見たいなぁ、見たいなぁ。読者様のためというお題目は消え、欲望と妄想が止まりません。『プロなら、読者様が求めるものを書かんかい』

心の中で仏がまたシャウトします。本当にその通り。でも勢いで書いたプロットにOKが出たので、欲望を貫こうと決意しました。

しかし書き始めたところ、めちゃくちゃ詰まったのです。書いては止まり書いては直しの繰り返し。私の駄目なところですね。

よく「プロットがあるんだから、そのまま文字に起こせば？　むしろプロットがあるのに、なぜ書けないの？」と首がもげるほど頷くご意見を伺います。

でもプロットに縛られて書けないってことも多々あって、今回もそれ。

何枚も重ねた布団の下の、小さなお豆が気になって眠れない童話みたいになるのです。

原稿が遅くなった言い訳ですが、笠井先生と担当様には、多大なるご迷惑をおかけしました。本当に本当に申し訳ありません。

そんなグダグダな私に、完璧としか言いようがないキャララフが届き、カバーコメントにある通り、歓喜の声が上がりました。腰痛が吹っ飛ぶ美しさです。

笠井あゆみ先生、前作に引き続き、家宝決定の美しく淫靡で超プリティな作品を、ありがとうございました。

担当様、シャレード文庫部の皆々様。今回もすみませんでした。謝辞しかありません。些事になりますが、本作のタイトルを思いついた時、自分は天才かと浮かれましたが、すぐに冷静になりました。コレってＢＬのタイトルとして、どうだろう？　遊びすぎ？　ジメジメ悩んで日は過ぎて、タイトルの提出を促すメールが来てしまいました。本命はレジェダリだけど、でも笑われるかもと思って、他にいくつか考えて提出。すると担当様からメールがきました。

「個人的には幼児公爵レジェンドダーリン一択です」という、痺れるお返事が。なんて漢《オトコ》らしいお言葉でしょう。感動しました。一生ついていきます。

営業様、制作様、書店様、電子関連の皆様。読者様に本が届くのは当たり前のことではなく、皆々様のおかげ。今後ともよろしくお願いいたします。

最後になりましたが読者様。お読みいただきまして、ありがとうございました。お手紙やアンケート葉書も感謝です。すごく嬉しい。著者に感想なんて面倒を厭わず書いてくださるお気持ちがじわじわ来て、また頑張ろうと背中を押されます。

ＢＬがあるから私は小説を書けたし、読者様や編集様とご縁ができました。森羅万象ＢＬ小説に感謝するばかりです。

それではまた次にお逢いできることを、心から祈りつつ。

弓月あや拝

弓月あや先生、笠井あゆみ先生へのお便り、
本作品に関するご意見、ご感想などは
〒101-8405
東京都千代田区神田三崎町2-18-11
二見書房　シャレード文庫
「幼児公爵レジェンドダーリン」係まで。

本作品は書き下ろしです

CHARADE BUNKO

幼児《ようじ》公爵《こうしゃく》レジェンドダーリン

2024年4月20日　初版発行

【著者】弓月《ゆづき》あや

【発行所】株式会社二見書房
東京都千代田区神田三崎町2-18-11
電話　03(3515)2311[営業]
　　　03(3515)2313[編集]
振替　00170-4-2639
【印刷】株式会社 堀内印刷所
【製本】株式会社 村上製本所

落丁・乱丁本はお取り替えいたします。
定価は、カバーに表示してあります。

ISBN978-4-576-24015-2

https://charade.futami.co.jp/